GRIT POPPE
Joki und die Wölfe

GRIT POPPE

Joki und die Wölfe

PETER HAMMER VERLAG

INHALT

Rätselhafte Spuren	11
Wie ein grosses dunkles Tier	23
Eine geheimnisvolle Begegnung	33
Das verlassene Haus	45
Schüsse im Wald	56
Das gibt Ärger!	69
Hinter dem Tor	83
Eine verhängnisvolle Entscheidung	93
„Die Wölfe sind da!"	106
Ein Raubtier im Bett	114
Die Suche beginnt	123
Eine blutige Fährte	130
In der Finsternis	140
Himmel gibt es überall	152
Bullibob	164
Verirrt	175
Die Hütte im Wald	185
Wolfsseele	198
In der Falle	208
Allein	216
Im Kreis der Wölfe	223
Drei Tage später	233
Ein Wildtier kehrt zurück	239
Fakten zum Thema Wolf	241

Lautlos lief der Wolf durch die Dämmerung. Die ersten Strahlen der Sonne fielen zaghaft auf seinen Weg.

Im Zwielicht wirkten die Bäume schwarz, und das Moos hatte die Farbe des verblassenden Mondes. Als würde die vergangene Nacht den Wolf ein Stück begleiten, glitt sein Schatten neben ihm her.

Es war nicht mehr weit bis zur Höhle. In seinem Maul trug er die Beute. Das Tier mit dem weichen Fell zappelte nicht mehr, aber es war noch warm.

Die langen Ohren des toten Hasen schleiften über den Waldboden. Einmal blieb der Wolf mit seinem Fang in einem dornigen Gebüsch hängen, doch sein Kiefer schloss sich nur noch fester um das Tier. Er riss und zerrte, bis der Zweig brach, und setzte dann seinen Weg fort. Nur achtete er jetzt darauf, dass er das Gesträuch mied. Auch um herabhängende Äste machte er einen Bogen. Eine Zeit lang setzte er seine Schritte vorsichtiger, bedachter, und er wurde langsamer.

Schließlich verließ er den Wald, lief auf einem Weg weiter, der nach Zweibeinern roch und ihm nicht geheuer war. Sein Nackenfell sträubte sich, und ein leises Knurren drang aus seiner Kehle, als wollte er sich selbst warnen. Doch hier kam er leichter vorwärts. Er fiel in ein gleichmäßig schnelles Tempo, rannte über den graugelben märkischen Sand – bis er das Rudel witterte: die Wölfin und die Welpen, seine Familie, die auf ihn wartete. Auch ein Hauch des Höhlenduftes flirrte ihm in die Nase, ein Gemisch aus Erde, Wurzeln und Milch. Der ehemalige Dachsbau lag verborgen im schützenden Dickicht und der Eingang hinter wildem Gestrüpp versteckt.

Je näher er der Höhle kam, umso schneller lief er – als würde der Hunger seines Rudels ihn antreiben. Oder war es die Gefahr, von der er nicht wusste, worin sie bestand, die er aber spüren konnte? Zu dicht lag die Höhle am Revier der Zweibeiner.

Wieder tauchte er in den Wald, sprang jetzt leichtfüßig über das Geäst, jagte über Moos und durch Farn. Dann nahm er einen Ton wahr, der noch entfernt klang und ihn zu rufen schien: das Winseln seiner Jungen. Aufmerksam spitzte er die Ohren, lauschte auf den Tonfall – doch es schienen keine Hilferufe zu sein. Schon bald wurde das hungrige Fiepen der Wolfskinder deutlicher, und auch das leise Knurren ihrer Mutter hörte er jetzt.

Er packte die Beute noch fester mit seinem Gebiss und lief erhobenen Hauptes auf die Höhle zu.

RÄTSELHAFTE SPUREN

Joki hockte vor dem Haus, das auf eine Art gelb war, als hätte ein riesengroßer Hund daran gepinkelt. Und ein bisschen roch es auch so, was wahrscheinlich an der Promenadenmischung Socke lag, der zur Familie Meier gehörte und der sich einfach nicht benehmen konnte.
Joki fiel der Gestank kaum noch auf, denn er wohnte hier schon zehn Jahre, also sein ganzes Leben lang.
Doch das würde sich bald ändern. Genauer gesagt: schon morgen. Und eigentlich sollte er jetzt in seinem Zimmer sein und Umzugskartons packen.
Stattdessen betrachtete er mit konzentriertem Blick die Ameisen, die vor seinen Füßen geschäftig hin und her rannten, irgendwie konfus und zielstrebig zugleich, als hätten sie etwas vergessen und müssten deshalb noch mal zurück. Manche schleppten etwas mit sich herum, kleine weiße Würmchen, die wie Maden aussahen. Wahrscheinlich war das ihr Nachwuchs: Larven, aus denen bald neue Ameisen schlüpfen würden.
Er hörte ein Räuspern und wusste gleich, von wem es kam. Es gab nur eine, die sich auf diese Art räusperte und ihm damit zeigen wollte, dass sie schon eine ganze Weile neben ihm stand.
„Hallo, Sanja", sagte er, ohne aufzusehen.
„Hey, Joki", sagte sie ein bisschen atemlos, als wäre sie irgendwie aufgeregt. „Was machst du so?"

„Ich sehe den Ameisen beim Laufen zu", antwortete Joki, obwohl er das eigentlich überflüssig fand. Sanja sah doch, womit er gerade beschäftigt war.
„Hm", machte sie. „Willst du immer noch Insektenforscher werden?"
Joki zuckte mit den Schultern. „Das hab ich gesagt, als ich in der dritten Klasse war."
„Und ich hab es nicht vergessen", sagte Sanja stolz.
Er war froh, dass sie nicht nach dem Umzug fragte. Sie wusste ja Bescheid, also gab es nichts darüber zu reden. Joki hörte, dass sie schmatzend Kaugummi kaute, eine Blase machte, die leise platzte und die sie in den Mund einsog.
„Meine Tante hat Ameisen in den Füßen", erklärte Sanja grinsend.
„Ja, klar", sagte Joki leicht gereizt. Dann fiel ihm ein, was Sanja meinte. „So ein Kribbeln?", fragte er und sah sie an. Machte sie sich etwa über ihn lustig? Aber Sanjas wilde Löwenmähne verdeckte ihr Gesicht. Nur die sommersprossige Nase und die langen Wimpern konnte er erkennen. „Hat meine Oma auch manchmal", murmelte Joki.
Sanja kicherte und ließ sich neben ihn fallen und wirbelte dabei etwas Staub auf.
„Wärst du gern eine Ameise?"
„Glaub nicht", knurrte Joki.
„Was dann? Ich meine, wenn du ein Tier sein könntest."
Joki zuckte mit den Schultern. „Ich wäre gern groß, stark

und wild. Ein Raubtier mit scharfen spitzen Zähnen, das sich von kleinen Sanjas ernährt."
„Ich bin nicht klein."
Das stimmte sogar. Sie war zwar ein Jahr jünger, aber fast so groß wie er. Und sie hatte breite Schultern, als würde sie heimlich Rugby spielen.
„Umso besser", murmelte er. „Dann werde ich wenigstens satt."
Sanja boxte ihm mit dem Ellenbogen in die Rippen. Es tat ein bisschen weh, sogar mehr als ein bisschen, aber Joki ließ sich nichts anmerken. Manchmal war sie eine Nervensäge, aber meistens seine Freundin. Seine einzige Freundin.
Eine Löwin mit Mähne und Sommersprossen. Sie konnte fauchen und Zähne zeigen, wenn es sein musste. Und in ihren Augen blitzte es manchmal.
San-Ja.
Ihr komischer Name kam daher, dass ihre Eltern sich nicht einigen konnten, als sie noch ein Embryo war. Ihre Mutter wollte sie Anja nennen und ihr Vater Sandra. So wurde Sanja daraus.
Joki hieß in Wirklichkeit Johannes Kilian. Doch so nannte ihn niemand. Nicht einmal seine Klassenlehrerin, Frau Nebelschütz.
„Weißt du schon das Neuste?", fragte Sanja.
Sie tat gern geheimnisvoll, weil sie Geheimnisse liebte. Joki mochte nicht zugeben, dass er keine Ahnung hatte, was sie meinte. Wahrscheinlich versuchte sie sowieso nur,

ihn von seiner Traurigkeit abzulenken. Denn eigentlich wollte er gar nicht weg. Hier war er aufgewachsen – und als er klein war, hatte auch sein Vater hier gelebt. Jetzt schrieb er noch ab und zu Briefe aus Guatemala, einem Land, in dem es Brüllaffen gab und Blattschneiderameisen. Joki bekam Bauchschmerzen, wenn er daran dachte, wie lange sich sein Vater schon nicht mehr gemeldet hatte. Also dachte er lieber nicht darüber nach.

„Sie kommen wieder", sagte sie so leise, dass es fast ein Flüstern war. „Und nicht nur das ... Sie sind schon da. Ich habe ihre Spuren gesehen."

Joki presste die Lippen aufeinander und rührte sich nicht. Sicher würde sie gleich damit herausplatzen – mit einer ihrer Geschichten, die meist seltsam klangen, ausgedacht und märchenhaft. Was sie fast immer auch waren.

„Willst du gar nicht wissen, was ich entdeckt habe?"

Joki schwieg. Er beobachtete eine Ameise, die auf seinen Schuh kletterte. Hatte sie sich verirrt? Was ging wohl in einer Ameise vor? Dachte sie über ihr Leben nach? Vielleicht wollte er doch eine Ameise sein. Wenigstens drei Sekunden lang. Damit er wusste, wie es sich anfühlte.

„Na, wenn es dich nicht interessiert ..." Sanjas Stimme klang jetzt beleidigt.

Beleidigen wollte er seine Freundin wirklich nicht.

„Was denn?", fragte er schroff.

„Tjaaa ... Ich bin auf Spuren gestoßen. Keine gewöhnlichen, musst du wissen. Aber ich hätte nicht gedacht, dass sie so nahe herankommen. So dicht ans Dorf."

Wovon redete sie? Von Außerirdischen? Erst vor Kurzem hatte sie ihm berichtet, sie hätte einen hell leuchtenden Meteoriten vom Himmel fallen sehen.
Joki warf ihr einen forschenden Blick zu. Ihre Wangen schimmerten rötlich, und in ihren Augen lag ein merkwürdiger Glanz.
„Geht es dir gut? Du hast doch kein Fieber, oder?" Auf einmal sorgte er sich wirklich um sie. Sanja gehörte zu den Kindern, die von einer Minute zur anderen krank wurden und komische Punkte im Gesicht bekamen oder einen dicken Elefantenhals.
An ihrem Stirnrunzeln sah er schon, dass er völlig falschlag.
Sanja holte tief Luft, als wäre ihr das Geheimnis, das sie mit sich herumschleppte, zu schwer.
„Am besten, ich zeig sie dir."
„Zeigst mir was?"
Sie verdrehte die Augen und schlug sich die Hand an die Stirn. „Na, die Löcher in meinen Strümpfen meine ich nicht, die kennst du ja schon."
Joki dachte über eine patzige Entgegnung nach, aber zu seinem Ärger fiel ihm auf die Schnelle nichts ein.
„Die Spuren in der Wildnis", raunte Sanja direkt in sein Ohr hinein, als könnten sie von irgendwem belauscht werden.
„Na schön", murmelte Joki so gelassen wie möglich und schnipste die Ameise vorsichtig von seinem Schuh.

Vom Dorf in den Wald war es nur ein Katzensprung. Sanja ging voran, drehte sich alle paar Meter um und zwinkerte ihm zu, als könnte Joki sonst verloren gehen. Er tat so, als würde er es nicht bemerken, und schaute nach oben zu den Wipfeln der Bäume hinauf. Das Sonnenlicht funkelte zwischen den Blättern. Der Wind, der ihm ins Gesicht blies, war noch kühl, aber irgendwann, bald, würde es Sommer werden.

„Der liegt schon in der Luft, kannst du ihn riechen?", hatte seine Oma gefragt. Und Joki hatte genickt, obwohl die Luft nach nichts roch, so wie immer. Aber seine Oma schien sich furchtbar zu freuen, und das wollte er ihr nicht verderben. Jokis Mutter sagte solche Sätze nie. Sie schnupperte lieber an einem neuen Parfum herum als an einer Blume. Außerdem war sie selten zu Hause, seit sie Knut kannte. Und seit einiger Zeit wurde sie immer dicker. Zuerst hatte Joki blöderweise gedacht, es läge an den Hefeklößen, die es oft gab, groß, weiß und klebrig, mit warmen matschigen Pflaumen, die nach Zimt schmeckten. Es war das Lieblingsessen seiner Mutter, und sie aß immer einen Kloß mehr als Joki oder seine Großmutter. Aber dann hatte sie erzählt, dass er ein Geschwisterchen bekommen würde, und freudestrahlend auf seine Reaktion gewartet.

„Wenn, dann nur ein halbes", hatte Joki gebrummt. Die Antwort trieb seiner Mutter ein trauriges Lächeln ins Gesicht, so dass er sich plötzlich schämte. Sie konnte auf eine Art lächeln, dass es fast wie ein Heulen aussah.

„Ich dachte, du freust dich."
„Mach ich ja auch. Wird es ein Bruder oder eine Schwester?" Doch da hatte sie sich schon abgewandt und war mit ihrem Murmelbauch, der immer runder wurde, in die Küche gestapft.

Joki wünschte sich einen Bruder, mit dem er am Teich sitzen und nach Fröschen oder Feuersalamandern Ausschau halten konnte. Aber eine Schwester wäre auch okay, wenn sie ungefähr so wurde wie Sanja. Also ein Mädchen, das nur Jeans trug, sich im Wald auskannte, als wäre sie die Försterin höchstpersönlich, die sich aus Puppen und ähnlichem Kram nichts machte und die rülpsen konnte „wie ein Bauarbeiter". Das hatte jedenfalls Jokis Oma behauptet. Joki konnte sich allerdings nicht vorstellen, dass es jemanden gab, der fähig war, noch lauter und länger zu rülpsen als Sanja.

Jetzt wich sie vom Weg ab und lief auf Zehenspitzen durchs Unterholz, als wollte sie sich an eine Beute anschleichen. Joki folgte ihr und bemühte sich, ebenso vorsichtig zu sein.

Was hatte sie gesehen? Was wollte sie ihm zeigen? Er spürte eine eigenartige Nervosität – ein Kribbeln, als würden Ameisen über seine Haut laufen.

Sanja hatte schon seit einer Weile keinen Ton gesagt und sah sich nicht mehr nach ihm um.

Joki kämpfte sich durch das Gestrüpp voran, und erst, als er fast mit ihr zusammenstieß, bemerkte er, dass sie stehen geblieben war.

„Da vorn auf der Lichtung", flüsterte sie.

Joki starrte auf die Stelle, auf die sie zeigte, konnte aber nichts Besonderes erkennen.

Vielleicht hatte sie sich ja doch nur ein Märchen ausgedacht?

„Pass auf, wo du hintrittst", murmelte Sanja. „Sonst verwischen wir sie noch."

Sie liefen weiter, und Joki blickte auf den sandigen Boden. Erde, Blätter, Wurzeln, Erde, kleine Steine, Erde …

„Irgendwo hier müssen sie sein."

Joki hörte ein Rascheln und nahm eine Bewegung neben sich wahr. Aber es war nur ein Vogel, den sie gestört hatten und der jetzt davonflog.

Einen Moment lang blieb Joki stehen und blickte ihm nach. Wie musste es wohl sein, sich in die Lüfte zu schwingen? Es sah so leicht aus, als wäre es die einfachste Sache der Welt.

Da stieß Sanja einen schrillen Laut aus.

Erschrocken rannte Joki zu ihr hin, aber sie stoppte ihn mit einer Armbewegung.

„Siehst du?", brachte sie atemlos hervor. „Was hab ich dir gesagt."

Joki blickte auf den schmutzig graugelben Sand hinunter, auf den sie zeigte.

Die Spuren waren kaum zu sehen.

„Na ja, da ist ein Hund langgelaufen", sagte er enttäuscht.

Sanja schnaubte entrüstet. „Ein Hund? Schau dir die Abdrücke der Krallen an. Das war ein Raubtier!"

„Du hast zu viel Fantasie", rutschte es Joki heraus. „Nicht, dass das was Schlechtes wäre ..."
„Ich hab ein Buch mit Tierspuren zu Hause. Da sind haargenau dieselben drin."
„Und von welchem Tier sollen sie sein?" Joki versuchte, ernst zu bleiben. In seinem Bauch kitzelte ein Lachen. Wenn Sanja bockig wurde, sah sie tatsächlich wie eine beleidigte Leberwurst aus. Nur dass sie ziemlich rot wurde.
„Das war ein Wolf", sagte Sanja.
Joki hockte sich auf die Erde. „Das könnte genauso gut eine Ente gewesen sein." Jetzt musste er wirklich lachen. Er konnte nichts dagegen tun. Das Kribbeln im Bauch war einfach stärker als er.
Er sah eine watschelnde Ente vor sich, und dann sah er seine watschelnde Mutter mit ihrem dicken Kugelbauch. Das Kichern schüttelte ihn wie ein Schluckauf, den er nicht abstellen konnte.
Sanja schwieg. Sie starrte ihn an und sagte kein Wort.
Joki fühlte sich durchbohrt von ihren Blicken und sprang auf. Das Lachen fiel von ihm ab und versickerte im Sand. Er überlegte, wie er sie trösten konnte. „War doch nur ein Spaß!", rief er.
Sanjas Miene hellte sich kein bisschen auf.
Tut mir leid, dachte er. Aber er brachte es nicht über die Lippen. „Wölfe kommen nie so dicht an Siedlungen der Menschen heran", erklärte er stattdessen.
„Kommen sie doch! Jedenfalls manchmal."

„Unsinn. Sie sind zu scheu und zu schlau."
„Du weißt immer alles besser, du Besserwisser!", schrie Sanja ihn an. „Hier war ein Wolf, ob es dir nun passt oder nicht!"
„Selber Besserwisser", entgegnete Joki, der langsam auch wütend wurde. Er mochte es nicht, wenn man ihn anschrie, er mochte es ganz und gar nicht. „Du hast sie doch nicht mehr alle. Du ... du Oberbesserwisser!"
Etwas flackerte in Sanjas Augen auf, hell und kurz wie ein Blitz, und dann warf sie sich unvermittelt gegen ihn. Joki plumpste in den Sand, mit einem komisch dumpfen Geräusch, als würde ein Apfel von einem Baum fallen.
„Spinnst du?", fragte er entgeistert.
Sanja zeigte ihm den Stinkefinger. Er sah, dass sie weinte. Dann rannte sie davon, ohne sich noch einmal nach ihm umzusehen.
Na super. Das hatte er ja toll hingekriegt.
Joki blieb noch eine Weile im Sand hocken und betrachtete die Abdrücke.
Irgendetwas war merkwürdig an diesen Spuren.
Aber er kam nicht darauf, was.
Und wenn Sanja nun doch recht hatte?
Ein Wolf?
Konnte das sein?

Die Wölfin lag direkt im Eingang des Baus. Bei jedem auffälligen Laut hob sie den Kopf und lauschte. Die Welpen in der Höhle winselten hungrig. Immer wieder drängten die Jungtiere nach vorn, immer wieder drängte die Wölfin sie zurück. Sie blieb geduldig und behutsam dabei.
Milch allein reichte den Welpen nicht mehr. Jetzt verlangten sie bereits nach Fleisch.
Nur das Kleinste nicht. Das Kleinste mit dem schwarzen Ohr. Es schien schwächer zu sein als seine Brüder und Schwestern. Es trank nur wenig und fraß nicht. Die Wölfin duldete, dass es sich an sie kuschelte, und gewährte ihm den Schutz, nach dem es suchte.
Der Wind trug ihr zu, dass ihr Gefährte zurückkam und Beute mitbrachte. Sie erhob sich und schnupperte. Es lag ein kaum wahrnehmbarer Geruch von Blut und Fleisch in der Luft. Doch es dauerte noch eine Weile, ehe sie die leisen Tritte des Rückkehrers hörte.
Als sie endlich den Wolf zwischen den Bäumen wahrnahm, empfing sie ihn mit einem freundlichen Gewinsel. Er näherte sich mit stolz erhobener Rute und einem großen Hasen im Maul. Sie lief auf ihn zu, um ihn zu begrüßen, und auch die Welpen umkreisten ihren Vater und sprangen an ihm hoch.
Der Wolf legte die Beute ab und schob sie geduldig

in das Innere des Erdlochs hinein. Einen Moment lang spürte er die Schnauze der Wölfin, die ihn streifte. Dann zog er sich zurück und hielt draußen Wache.
Während die Jungtiere aufgeregt jaulten, begann die Wölfin damit, die Beute gierig und schnell zu verschlingen.
Die Welpen leckten an ihrer Schnauze, stupsten ihre Lefzen an. Sie sogen den Duft des frischen Fleisches ein und verlangten beharrlich nach Futter.
Nach einiger Zeit würgte die Wölfin etwas Fleisch hoch, ließ ihren Nachwuchs fressen. Hungrig stürzten sich die Jungen darauf, und es gab wie immer kleine Rangeleien um die Mahlzeit.
Die Wölfin beobachtete Schwarzohr, der etwas abseits saß und lediglich das Köpfchen hob, um zu wittern.
Seine Mutter kam zu ihm und stupste ihn an – erst sanft, dann nachdrücklich und mit Kraft. Beinahe fiel Schwarzohr in das Futter hinein. Er schnupperte lange an der vorverdauten Nahrung herum, und endlich nahm auch er einen Happen.

WIE EIN GROSSES DUNKLES TIER

Am Tag bevor die Sommerferien begannen und Joki von der Zeugnisausgabe nach Hause kam, war die Wohnung schon halb leer geräumt. Ein Umzugswagen stand vor dem Haus, und fremde Männer trugen ächzend und fluchend den riesigen Kleiderschrank seiner Mutter hinaus. Joki ging wortlos an ihnen vorbei. Sie beachteten ihn nicht, und er wollte auch nicht wahrgenommen werden. Wie ein Einbrecher schlich er durch den Korridor.
Die Tür zum Wohnzimmer stand einen Spalt offen.
Nur die Möbel und die Sachen seiner Großmutter waren noch da.
Von seiner Oma erspähte er die Füße, die in bunten, selbstgehäkelten Hausschuhen steckten. Sie saß in ihrem Lieblingssessel und hörte klassische Musik im Radio. Laut. Sogar ziemlich laut. Trotzdem bemerkte sie ihn, als er sich vorbeischleichen wollte.
„Jokilein, komm rein, komm rein", sang sie.
„Hallo, Oma", rief er und trat ins Zimmer. Dann nahm er sie in die Arme und drückte sie. Einen Moment versank er in ihrem Geruch, der ihn immer an Bratäpfel in der Weihnachtszeit erinnerte.
„Na, wie ist's gelaufen. Zeigst du's mir?"
„Was denn?" Joki unterdrückte ein Seufzen.
„So schlimm?"
Joki zog das Zeugnis aus der Schultasche.

Seine Großmutter nahm das Blatt vorsichtig in die Hände, als könnte es sich bei gröberer Behandlung in Luft auflösen. „Prima, prima, klasse, prima ... Englisch, na ja ... Lernst du schon noch. Ich kann nur ein einziges Wort. Willst du wissen, welches?"
Joki zuckte mit den Schultern.
„Cheese", sagte sie so, dass sich das Wort anhörte wie langgezogener Käse, und sie grinste ihn so breit an, dass er einen Schreck bekam.
Seit ein paar Tagen hatte sie nämlich ein neues Gebiss, und irgendwie wirkten die Zähne so groß wie die vom Wolf in *Rotkäppchen*. Joki wunderte sich, dass sie überhaupt in ihren Mund passten.

In seinem Zimmer sah es so aus wie sonst – nur dass leere Umzugskartons auf ihren Einsatz warteten. In den ersten spuckte er hinein, den zweiten kickte er mit dem Fuß gegen die Wand, in den dritten ließ er sich fallen, so dass die Pappe riss.
Das half. Ein bisschen.
„After school I destroy boxes", murmelte er. Seine Englischlehrerin wäre sicher begeistert.
Joki schluckte seine Traurigkeit hinunter und packte seine paar Besitztümer so langsam wie möglich ein. Bücher, CDs, Spiele, Klamotten, seine Schulsachen. Einen Karton mit Dingen, die er für seine Streifzüge im Wald brauchte: ein Taschenmesser, eine Lupe, eine Landkarte, ein Fernglas, ein Feuerzeug und eine Taschenlampe.

Seine Mutter wünschte sich eine glückliche Familie – vereint unter einem Dach. Das konnte er verstehen. Und vielleicht klappte es ja. Vielleicht wurde wenigstens sie glücklich.
Natürlich dachte er auch an Sanja. Sie musste mitbekommen haben, was hier lief. Sie wohnte ja gleich nebenan. Aber sie kam nicht herüber zu ihm. Und er ging nicht zu ihr.

Seine Mutter rief ihn schon das zweite Mal. Aber Joki hatte es immer noch nicht eilig. „Warum kommst du eigentlich nicht mit?", fragte er seine Großmutter.
„Ach, Jungchen … Einen krummen alten Baum setzt man doch nicht in einen neuen Garten", antwortete sie. Etwas verlegen standen sie im Flur herum. Joki wusste nicht, was er dazu sagen sollte. Also sagte er nichts.
„Jokilein, nicht traurig sein. Du hast jetzt einfach zwei Zuhause", sagte sie und umarmte ihn.
Sie roch nach Kaffee und nach dem Apfelkuchen, den sie am Morgen gebacken hatte. Ein Abschiedsapfelkuchen.
„Ist gut, Oma. Cool, dass jetzt die Ferien anfangen. Da komm ich dich bald mal besuchen, versprochen."
Aber das alles kam ihm falsch vor, auch seine Worte.

„**D**a bist du ja endlich", sagte die Mutter erleichtert, als hätte sie nicht mehr mit seinem Erscheinen gerechnet. „Auf geht's!", rief Knut betont munter und drückte dreimal kurz auf die Hupe.

Als sie losfuhren, wandte Joki sich noch einmal um. Er sah Promenadenmischung Socke hinter einer Fensterscheibe hecheln. Es schien beinahe so, als würde er sich über irgendwas kaputtlachen.
Joki streckte ihm die Zunge heraus.

Knuts Bauernhof lag vielleicht vier oder fünf Kilometer entfernt vom Dorf. Die Fahrt würde zum Glück nur ein paar Minuten dauern.
Jokis Mutter summte einen Song im Radio mit, und Knut pfiff dazu oder versuchte es jedenfalls.
„Because I'm happy", sang seine Mutter den Refrain und klatschte auch noch dazu. Es klang etwa so wie eine eingerostete Tür, die in unterschiedlichen Tonlagen quietschte.
Joki sehnte sich jetzt schon nach dem gelben Haus zurück.
„Freust du dich denn gar nicht?"
„Worauf denn?"
Seine Mutter lächelte versonnen. „Auf die Zukunft?"
Joki zuckte mit den Achseln. Wie konnte man sich auf etwas freuen, was man gar nicht kannte?
„Solltest du aber", mischte Knut sich ein und grinste ihn im Rückspiegel an.
Sie fuhren an Feldern vorbei und an einer Weide mit schwarz-weiß gefleckten Kühen. Gleich dahinter begann der Wald. Die Bäume wirkten hier dunkler und höher und irgendwie auch ein bisschen bedrohlicher – als gäbe

es in ihrem Schatten ein Geheimnis. Joki begann sich nun doch zu freuen: auf das Unbekannte, auf ein neues Revier, das er erkunden konnte.

Beim Aussteigen empfing sie ein atemberaubender Güllegeruch. Joki hielt einen Moment die Luft an. Dann wedelte er mit der Hand vor seiner Nase herum. Als ob das etwas nützen würde.

Seine Mutter kam mit ihrem Wassermelonenbauch nur schwer aus dem Auto.

Knut rannte schnell um den Wagen herum und half ihr. Auch die Handtasche, die wahrscheinlich nicht viel mehr wog als eine Tüte Kekse, nahm er ihr ab.

Lachend sagte sie etwas von frischer Landluft, und Joki musste grinsen, als er sah, wie seine Mutter versuchte, sich nicht die Nase zuzuhalten. Wie eine zufriedene Ente watschelte sie an Knuts Seite auf ihr neues Heim zu.

Vielleicht war es doch richtig, hierherzuziehen. Bald würde das Baby auf die Welt kommen. Und vielleicht würden sie ja dann eine vollständige Familie werden, wo einer für den anderen da war, wenn es drauf ankam. So wie bei den Simpsons.

Joki hievte die beiden schweren Koffer aus dem Wagen und zog sie hinter sich her. Zum Glück hatten sie Rollen, und er musste sich nicht groß anstrengen. Es rumpelte auf dem Kopfsteinpflaster, als würde jemand zur Begrüßung trommeln.

Aus der Krone eines Baumes stieg ein Raubvogel und flog erschrocken davon. Joki folgte ihm mit den Blicken. Der

Bussard, oder was immer es war, flüchtete Richtung Wald. Ich komm nach, dachte Joki. Bald.

Sein neues Zimmer war viel größer als sein altes. Joki staunte nicht schlecht. Die Wände waren frisch gestrichen und rochen noch nach Farbe. Auf einem kleinen Schrank stand sogar ein Fernseher. Kein Flachbild, aber immerhin. Einen eigenen Fernseher hatte Joki noch nie besessen.

„Na? Wie findest du es?", fragte Knut. „Nicht übel, oder? Hab den Dachboden mit ein paar Kumpels ausgebaut – extra für dich. Hier hast du dein Reich für dich."

„Wow!", brachte Joki heraus und wandte sich mit ungläubigem Staunen zu Knut um. Sollte er ihn etwa umarmen? Schließlich war er jetzt so was wie sein neuer Papa, oder? Doch es kam ihm vor, als wäre ein unsichtbarer Zaun zwischen ihnen. „Danke! Das ist wirklich ... wirklich super", stammelte er. Joki spürte, wie ihm die Hitze ins Gesicht stieg und er rot anlief.

Aber Knut schien das nicht zu bemerken. Er nickte nur zufrieden.

„Das Bett ist Handarbeit, der Schreibtisch auch. Ich denke, du wirst dich hier wohlfühlen." Knut strubbelte ihm kurz durchs Haar. Das hatte er bisher noch nie getan. „Und schau mal in die Schreibtischschublade." Er blinzelte ihm zu.

„Jetzt gleich?"

„Ja, klar."

Verlegen lächelte Joki und zögerte einen Moment. Wieso bekam er so viele Geschenke? Er hatte doch gar nicht Geburtstag.
„Na? Bist du denn nicht neugierig?" Mit einer ungeduldigen Bewegung riss Knut das Schubfach auf. „Es ist ein Gebrauchtes. Ich hab mir ein Neues gekauft, aber dies hier funktioniert noch gut. Du hattest dir doch eins zu Weihnachten gewünscht, oder? Die wichtigsten Nummern habe ich dir schon eingespeichert."
Joki nickte sprachlos.
Ein Handy! „Für so etwas fehlt uns im Moment leider das nötige Kleingeld", hörte er seine Mutter noch einmal sagen. Sie musste Knut von seinem Wunsch erzählt haben.
„Na, dann richte dich ein, wie es dir gefällt. Die paar Kisten wirst du ja im Handumdrehen ausgepackt haben. Heute hast du ansonsten frei. Morgen zeige ich dir den Hof und erkläre dir deine Aufgaben."
Welche Aufgaben?, dachte Joki. Aber eigentlich achtete er nicht groß auf das, was Knut sagte.
„… werd mich mal um deine Mutter kümmern … Ist ganz schön anstrengend für sie …", hörte er ihn noch mit besorgter Miene murmeln, bevor er das Zimmer verließ.
Joki warf einen kurzen Blick auf Knuts Handy, das jetzt ihm gehören sollte, und schob die Schublade schnell wieder zu.
Immer noch erstaunt sah er sich in seinem neuen Reich um. Auf einmal breitete er die Arme aus und drehte sich im Kreis. Wahnsinn!

Sein neues Zimmer sah fast aus wie eine richtige Wohnung!

Das musste er unbedingt Sanja zeigen!

Dann fiel ihm ein, dass sie sich gestritten hatten. Er war ganz allein in dem riesigen Raum. Und er musste auch an seine Großmutter denken, die jetzt vielleicht in ihrem Sessel saß und Mozart oder Beethoven hörte, damit es nicht so still war in der leeren Wohnung.

Wie ging es ihr wohl gerade?

Sein Blick streifte einen Umzugskarton, der bis zum Rand gefüllt war. Aber er hatte nicht die geringste Lust, ihn auszupacken.

Joki trat ans Fenster, riss es auf und starrte hinaus.

Wie ein großes dunkles Tier lag der Wald vor seinen Augen, keine hundert Meter entfernt von ihm. Die Wipfel der Bäume bewegten sich im Wind sacht hin und her. Joki kam es vor, als würden sie ihm zuwinken.

Komm schon, worauf wartest du?

Worauf wartete er?

Ein kleiner Erkundungsgang vor dem Abendessen konnte doch nicht schaden, oder?

Eine ganze Weile verharrte der Wolf vor der Höhle, hörte seiner Familie beim Fressen zu und nahm Witterung auf. Irgendetwas beunruhigte ihn, ein fremder Geruch, der in der Luft lag. Geduldig schnupperte er am Gras, an der Erde, an Wurzeln und Zweigen. Doch das Gras roch nach Gras, die Erde nach Erde, die Wurzeln und Zweige nach Holz. Der Duft des Waldes mischte sich mit dem Geruch von Milch und frischem Blut.

Dann ließ er seine Ohren spielen und lauschte auf Geräusche. Doch es blieb still. Nur das leise Schmatzen der kleinen Wölfe war zu hören.

Schließlich wandte er sich ab und trabte ein paar Schritte, um am nahegelegenen Bach seinen Durst zu stillen.

Als der Wolf das Plätschern des Wasserlaufs schon hörte, blieb er zögernd stehen. Ganz in seiner Nähe befand sich ein anderes Wesen – der Wind trug ihm diese Nachricht zu. Der Durst brannte ihm in der Kehle, aber sein Instinkt hielt ihn davon ab, an den Bach zu laufen und zu trinken.

Der fremde Geruch lag jetzt deutlicher in der Luft, der Wolf witterte ihn prüfend und lief fast lautlos ein paar Schritte zurück in Richtung Höhle. Kehrte dann aber um – der Durst quälte ihn, war stärker als die Furcht. Geduckt schlich er durchs Unterholz, der Bach war nur noch einen Wolfssprung von ihm entfernt. So vorsichtig er konnte, näherte er sich der Wasserstelle. Nicht weit weg von ihm flog eine Amsel auf. Womöglich verrieten der nervöse Flügelschlag und das aufgeregte Gezwitscher Gefahr. Doch der Bach lockte zu sehr. Seit der letzten Jagd hatte er nichts mehr getrunken.

Der Wolf schob sich in ein Gebüsch direkt am Ufer, das ihm einigermaßen Sichtschutz bot.
Er tauchte die Schnauze in das kühle Wasser und trank hastig ein paar Schlucke, und einen Augenblick lang war er abgelenkt. Erst als er das Knacken eines Astes hörte, sah er den Zweibeiner auf der anderen Seite des Baches.
Sein Nackenhaar sträubte sich.
Das fremde Wesen hob den Kopf und starrte ihn direkt an.
Aus der Kehle des Wolfes kam ein warnendes Grollen.

EINE GEHEIMNISVOLLE BEGEGNUNG

Im Wald war es kühler als gedacht, kein Sonnenstrahl drang durch das Geäst.
Joki wanderte schon eine ganze Weile den sandigen Weg entlang und betrachtete die Erde, als müsste er sie erst kennenlernen: da ein Stein, der wie eine Nase gekrümmt war, dort eine Wurzel, die wie eine Schlinge aussah, hier ein großer Käfer mit grünem Schimmer … Er achtete mehr auf den Waldboden als auf den Weg selbst, der sich an einer Stelle gabelte, ohne dass Joki es registrierte. Die Luft roch nach Abenteuer, ein bisschen auch nach Gefahr, und er atmete tief ein.
Als er den Waldboden genug erkundet hatte, fiel er in einen schnellen Dauerlauf. Dieser Wald war … irgendwie furchteinflößend, unheimlich. Die Bäume wirkten dunkel, beinahe schwarz, und manche Äste hingen tief über ihm, als wollten sie nach ihm greifen. Manchmal streifte ihn tatsächlich ein Zweig, und Joki duckte sich und tauchte darunter hinweg.
Würde seine Mutter das Baby mehr lieben als ihn?
Was war das für ein komischer Gedanke? Unwillkürlich lief er noch ein bisschen schneller.
Er fühlte sich auf einmal verlassen und fremd in diesem neuen, unbekannten Wald. Was suchte er hier? Wieso war er nicht zu Hause und packte Umzugskisten aus?
Gerade als er ans Umkehren dachte, erblickte er einen

Trampelpfad, der vom Hauptweg abführte. Ein rötlicher, geheimnisvoller Schimmer fiel dort durch die Bäume. Sofort vergaß er die Umzugskisten wieder. Seine Beine liefen wie von selbst in die Richtung.
Je näher er der Stelle kam, desto intensiver wurde das Funkeln zwischen den Blättern.
Leises Plätschern drang an seine Ohren.
Wasser. Kein Teich. Ein schmaler Bach, der sich durch die Landschaft wand wie eine lange Schlange. Die rötlichen Strahlen der untergehenden Sonne spiegelten sich in ihm.
Er würde nur kurz nachsehen und dann von hier verschwinden – bevor es Abendbrot gab und seine Mutter merkte, dass er nicht in seinem Zimmer war.
Der Bach war an dieser Stelle so klar, dass man bis auf den Grund sehen konnte. Joki tauchte mit der Hand in das eiskalte Gewässer, fuhr mit dem Zeigefinger über die runden Kiesel; sie fühlten sich leicht glitschig und beinahe lebendig an.
Eine Weile schaute er dem Fließen des Wassers zu. Etwas, das aussah wie Moos, wellte sich, als wären es grüne Haare. Eine kleine Forelle glitt an ihm vorbei. Er folgte ihr mit den Augen, bis sie nicht mehr zu sehen war.
Als er ein Rascheln hörte, das aus dem Gebüsch am anderen Ufer zu kommen schien, dachte er sich erst nichts dabei. Auch nicht, als er eine Bewegung zwischen den Büschen bemerkte. Vielleicht eine Katze, die durch die Gegend strolchte, oder ein junges neugieriges Reh?

Erst als er ein leises drohendes Knurren wahrnahm, hob er den Kopf. Und der Schreck fuhr ihm jäh in die Glieder. Das Tier fixierte ihn mit lauerndem Blick. Joki starrte zurück.
Das ... das konnte doch nicht sein ...
Träumte Joki? Oder war das Tier vielleicht nur ein ausgebüxter Schäferhund?
Aber der Ausdruck in den Augen wirkte wild, ungezähmt, fast hypnotisch.
Es gab keinen Zweifel: Das war ... ein Wolf!
Sanja hatte also recht gehabt.
Ein Schauer lief ihm über den Rücken. Joki spürte sein Herz schlagen. Er schwitzte und fror gleichzeitig.
Das Tier beobachtete ihn.
Was, wenn der Wolf Hunger hatte? Wenn er Joki als leichte Beute ansah?
Was sollte er tun? Weglaufen?
Blödsinn!
Eine fliehende Beute war viel interessanter als eine, die zusammengekauert an einem Bach hockte.
Stellten sich Tiere nicht tot, wenn sie in Gefahr gerieten?
Allerdings konnte er ja nicht ewig hier herumlungern. Wahrscheinlich hatte seine Mutter längst bemerkt, dass er abgehauen war, und sorgte sich um ihn.
Joki begann zu summen. Das passierte ihm manchmal, wenn er nervös wurde. Unabsichtlich und ohne dass er es so recht merkte.
Dann und wann summte er auch während einer Mathe-

arbeit oder wenn er die Grammatik-Hausaufgaben vergessen hatte. Ein summender Schüler fiel den meisten Lehrern früher oder später auf, und Joki machte sich ziemlich verdächtig. Das wusste er, allerdings hatte er keine Ahnung, wie er diese seltsame Angewohnheit abstellen konnte.

Der Wolf zog sich ein Stück zurück, doch er lief nicht davon. Joki konnte erkennen, wie das Raubtier ihn zwischen den Blättern beobachtete.

Joki summte irgendeine Melodie, die er aus dem Fernsehen kannte, und in der Stille hörte er sich allmählich selbst. Aber nun war es wohl zu spät, den Mund zu halten. Der Wolf kam wieder aus seinem Versteck hervor und spitzte die Ohren, als wüsste er nicht so recht, was er mit diesen Tönen anfangen sollte.

Langsam ... ganz langsam ... erhob sich Joki.

„Keine Sorge, ich lau...hau...fe nicht weg", sang er leise vor sich hin. „Ich bin ja nicht blö...höd. Krieg bloß keinen Schreck."

Der Wolf schnitt eine Grimasse. Vielleicht täuschte sich Joki ja, aber es sah aus, als würde das Tier lächeln. Oder ihn auslachen?

„Ich muss jetzt schnell nach Hause, tut mir ja leid. Ich würd ja gern noch blei...hei...ben, doch hab ich heut keine Zeit."

Vorsichtig ging er rückwärts.

Genug mit der Singerei! Wahrscheinlich quietschte seine Stimme wie die seiner Mutter und würde den Wolf nur aggressiv machen. Jokis Musiklehrerin lächelte jedenfalls meist gequält, wenn er etwas Musikalisches von sich gab. Immerhin lag der Bach zwischen ihm und dem Tier. Vielleicht gelang es Joki, unauffällig Abstand zu gewinnen und dann zu türmen.

Doch plötzlich lief der Wolf auf ihn zu, trabte mitten hinein in das Wasser. Es reichte ihm gerade mal bis zu den Knöcheln und war alles andere als ein Hindernis.

Joki sah sich hektisch nach einem Baum um, auf den er notfalls klettern konnte.

Auf die Schnelle fand er keinen; die glatten hohen Stämme standen dicht an dicht. Und er wagte kaum, das Tier aus den Augen zu lassen.

Aber der Wolf machte keine Anstalten, ihn anzugreifen. Mitten im Bach blieb er stehen und begann ausgiebig zu trinken.

Okay, er hat nur Durst, keinen Hunger, versuchte Joki sich zu beruhigen. Außerdem gab es vermutlich genug Wild im Wald. Und so ein Reh war bestimmt viel schmackhafter als er.

Er atmete tief ein und aus und zog sich weiter zurück, als er plötzlich über eine Wurzel stolperte. Ein kurzer erschrockener Schrei entfuhr seiner Kehle.

Mist! So ein Mist! Jetzt würde der Wolf sicher gleich …

Joki rappelte sich auf und spähte Richtung Bach. Doch da war kein Wolf mehr! Wo steckte das Raubtier?

Er blickte sich nach allen Seiten um. Nichts. Lauschte auf verdächtige Geräusche.

Stille. Kein Ast knackte. Nur das Wasser plätscherte. Und sein Herz hämmerte.
Joki wandte sich um und rannte los.

Die Sonne ging bereits unter, und im Wald wurde es schummrig. Joki ärgerte sich, dass er keine Taschenlampe mitgenommen hatte. Wie ein Kindergartenkind war er einfach so losgelaufen, ohne daran zu denken, dass es dunkel werden könnte. Lief er überhaupt in die richtige Richtung?
In der Dämmerung musste er aufpassen, dass er nicht noch gegen einen Baum lief.
Was wohl Sanja zu seinem Leichtsinn sagen würde? Sie wüsste bestimmt, wie man hier wieder herausfand. Eigentlich war er doch immer geradeaus marschiert, oder etwa nicht?
Aber hätte er nicht schon längst ...
Neben ihm knackte etwas im Gehölz. Joki wandte erschrocken den Kopf zur Seite. Aber er sah nur, dass er nichts sah. Einen Moment blieb er stehen und lauschte. War da nicht ein Hecheln und ein leises, kaum wahrnehmbares Knurren? Oder bildete er sich das nur ein?
Unbeholfen tapste er weiter. Ein Knacken konnte alles Mögliche bedeuten. Im Dunkeln klang doch fast jedes Geräusch bedrohlich. Er musste nur aufpassen, dass er nicht vom Weg abkam. Wie Rotkäppchen, dachte er und kicherte nervös.
Märchen waren Lügengeschichten und sollten den Kin-

dern Angst machen – damit sie sich nicht allein im Wald herumtrieben, zum Beispiel. Ein Wolf, der eine Großmutter fraß, sich dann verkleidete und in ihr Bett legte? Wer glaubte denn so was?
Der Wald war jetzt etwas lichter. Joki blickte zum Himmel hinauf. Die Wolkendecke riss ein Stück auf, und er konnte einen Stern flimmern sehen. Und nach ein paar Minuten kam auch der halbe Mond zum Vorschein.
Hastig konzentrierte er sich wieder auf den Weg. Die Konturen der Bäume konnte er erkennen. Und er befand sich auf dem sandigen Pfad, den er gekommen war. Oder?
Die Geräusche klangen jetzt viel dichter als vorhin. Es knackte und raschelte ganz in seiner Nähe, und beinahe im selben Moment sah er sie aus dem Dunkel kommen. Ein ganzes Rudel lief vor ihm her! Zwei große ausgewachsene Tiere und vier Welpen, wie es aussah. Nein, fünf! Das Kleinste hätte er beinahe übersehen. Es folgte dem Rudel mit etwas Abstand, als könnte es nicht so schnell laufen. Auf dem Waldboden bewegten sie sich nun kaum hörbar, als liefen sie wie Katzen auf samtenen Pfoten. Der Größte von ihnen drehte sich zu ihm um. Es war der Wolf vom Bach. Joki erkannte das Tier an der Färbung. Sie wirkte etwas heller als die der anderen. Und ehe Joki sich darüber klar wurde, was er tat, folgte er dem Rudel. Solange er Sand unter seinen Füßen spürte, schien er richtig zu sein. Und die Wölfe zeigten ihm den Weg. So kam es ihm jedenfalls vor.
Er achtete darauf, dass er einen respektvollen Abstand

zum Rudel wahrte. Und gleichzeitig versuchte er, die Tiere nicht aus den Augen zu verlieren.
Der helle Wolf wandte sich nicht mehr um.
Aber Joki kam es fast so vor, als hätte das Tier ihn ebenfalls erkannt.
Er wusste, dass da vor ihm Raubtiere liefen. Raubtiere mit spitzen langen Zähnen, die sich von Fleisch ernährten, um zu überleben, und die ohne Probleme Rehe und Wildschweine rissen.
Was würde passieren, wenn sie ihn doch noch als leichte Beute erkannten? Weder konnte Joki schnell davonrennen wie ein Reh, noch hatte er so kräftige Hauer wie ein Wildschwein, um sich notfalls zu verteidigen.
Und dennoch spürte er keine Angst. Im Gegenteil. Er fühlte sich eigenartig beschützt. Als wäre er ein Teil des Rudels oder der Freund des großen Wolfes.

In dem Haus, in dem er neuerdings wohnte, brannte in jedem Zimmer Licht. Was hatte das zu bedeuten?
Beunruhigt rannte er die letzten paar Meter, quer über die Kuhweide.
Das Wolfsrudel war wieder in den Wald getaucht – ohne von seiner Anwesenheit weiter Notiz zu nehmen. Als wäre er nur eine Amsel, die auf der Suche nach einem Wurm durchs Laub hüpfte.
Joki stürmte auf den Hof. „Bin wieder da!", rief er zu den offenen, hell erleuchteten Fenstern hinauf.
Aber niemand antwortete ihm.

Das fremde Geschöpf saß am Bach, beinahe bewegungslos, und die leisen Töne, die es machte, wirkten auf den Wolf nicht beängstigend.
Dennoch zog er sich zunächst ein Stück hinter einen Busch zurück und wartete eine Weile. Mehrmals am Tag kam er hierher, in der letzten Zeit auch mit seiner Familie, seit die Jungtiere größer und kräftiger waren und die Höhle verlassen konnten. Aber bisher hatte er hier nie einen Menschen gesehen. Diese Wesen auf zwei Beinen waren anders als die Tiere des Waldes. Sie rochen seltsam fremd – manche von ihnen verströmten einen beißend stechenden Duft –, und er vermied es, ihnen zu begegnen. Auch die Laute, die sie von sich gaben, klangen oft bedrohlich. Doch dieses Exemplar hier schien ihm nicht gefährlich zu sein.
Schließlich schob er sich ein kleines Stück vor. Das glitzernde Wasser blendete ihn ein wenig. Er schloss die Lider, und als er sie wieder öffnete, sah er die fremden Augen auf sich gerichtet. Sein Fell sträubte sich, aber nur einen kurzen Moment. In diesem Blick war nichts, vor dem er davonlaufen musste. Doch seine Neugier war geweckt. Vielleicht waren es die seltsamen Laute, die das Geschöpf ausstieß. Es klang weder wie ein Knurren noch wie ein Heulen, dennoch so, als wollte es ihm etwas mitteilen. Der Wolf bewegte die Ohren und

lauschte auf den Singsang, der zu ihm herüberwehte, nicht klagend wie ein Jaulen, eher wie das Rauschen des Windes – warm und angenehm.

Dann liefen seine Beine wie von selbst mit ihm los, mitten hinein in das frische Wasser. Flüchtig bemerkte er einen Fisch, der vorbeischwamm. Aber er war zu mager und taugte nicht als Beute. So tief wie möglich steckte der Wolf seine Schnauze in das belebende Nass, das jetzt in seine Kehle glitt und ihn ganz auszufüllen schien. Doch dann stieß das fremde Geschöpf unvermittelt einen lauten Ton aus, und der Wolf sprang mit einem jähen Satz aus dem Bach hinaus, raste, ohne sich noch einmal umzusehen, davon. Schlüpfte in das Dickicht des Waldes. Sprang geschickt über Äste und Wurzeln, huschte durch das Gestrüpp. Er kannte hier jeden Strauch, jede Grube, jedes Blatt. Nach einer Weile blieb er zögernd stehen, witterte und lauschte. Die Unruhe in seinem Innern legte sich schnell wieder. Es blieb still hinter ihm.

Später sah er das Geschöpf noch einmal. Es strauchelte auf seinen zwei Beinen zwischen den Baumstämmen umher und wirkte hilflos wie ein neugeborener Welpe. Der Wolf hob beobachtend den Kopf. An seiner Seite lief seine Familie, die er zu schützen hatte. Warnend knurrte er den Fremdling an. Doch das Geschöpf schien darüber nicht erschrocken. Es rannte nicht davon. Im Gegenteil. Es folgte dem Rudel – wobei es Abstand hielt und niemals zu nahe kam.

Der Wolf sah sich noch ein paarmal nach ihm um. Doch sein Instinkt sagte ihm, dass keine Gefahr von diesem Zweibeiner drohte. Nach einer Weile vergaß er ihn einfach, während sie langsam durch den Wald trabten. Gern wäre der Wolf schneller gelaufen. Doch Schwarzohr, das schwächste Junge, blieb immer wieder zurück. Während seine Geschwister jeden Tag ein bisschen kräftiger wurden und wild herumtollten, wirkte der Kleine unbeholfen, als hätte er gerade das erste Mal die Höhle verlassen. Sein Gesichtsausdruck war meist ängstlich, und am liebsten verbrachte Schwarzohr seine Zeit dicht an die Mutter gekuschelt. Er schien leicht zu frieren und suchte immer wieder nach der Wärme der Wölfin – die ihn geduldig gewähren ließ und ihn mehr als die anderen behütete. Wenn die Geschwister spielten und kämpften, hielt sich Schwarzohr meist abseits und sah aus sicherer Entfernung zu.
Nach einer Weile bog das Rudel vom sandigen Pfad, auf dem sie hintereinanderliefen, ab. Die Tiere durchquerten einen dunkelgrünen Fichtenwald und landeten schließlich auf einer Lichtung, die mit Gras und Büschen bewachsen war und auf der die Jungtiere ungestört herumtollen konnten.

Schwarzohr hielt sich wie üblich an der Seite seiner Mutter. Eine dicke Motte umschwirrte seinen Kopf und er folgte ihr mit den Blicken. Hin und wieder schnappte er nach ihr mit seiner kleinen Schnauze. Natürlich erwischte er sie nicht, aber sein Jagdinstinkt war geweckt. Er sprang in die Höhe und verfolgte das flügellahme Insekt. Mutter und Vater Wolf ließen sich auf dem Wiesenboden nieder und dösten ein wenig.

Die Jungtiere mussten sich austoben und ausprobieren, und hier auf der vom Mond beschienenen Lichtung konnten sie das ungestört tun. Sogar Schwarzohr wirkte ausgelassen und verspielt. Er tollte mit seinen Brüdern und Schwestern herum, wenn er sich auch davor hütete, sich mit ihnen im Kampf zu messen.

Die Jungtiere verschwanden im dunklen Fichtenwald, und diesmal dauerte ihr Streifzug länger als üblich. Gerade als Mutter Wolf beunruhigt den Kopf hob, kehrte die Schar auch schon wieder zurück. Alle bis auf einen … Schwarzohr fehlte.

DAS VERLASSENE HAUS

Joki riss die Haustür auf und lief den Korridor entlang – von Zimmer zu Zimmer.
Keiner da. Komisch.
Vielleicht waren seine Mutter und Knut schon zur Polizei gefahren und gaben eine Vermisstenanzeige auf?
„Mama?" Im Wohnzimmer sah es chaotisch aus. Kisten, Koffer, Möbel, Lampenschirme, Spiegel, ein zusammengerollter Teppich und Bilderrahmen standen kunterbunt durcheinander. Weit schienen sie mit dem Auspacken noch nicht gekommen zu sein. Im Schlafzimmer lagen die Stäbe des Gitterbettes wie achtlos weggeworfen auf dem Boden.
„Mannomann, was ist denn hier los?", brummte Joki und bekam langsam schlechte Laune.
Womöglich wollten sie ihm eins auswischen? Als kleine Rache für sein Verschwinden?
Der Stall fiel ihm ein. Vielleicht waren sie ja dort.

Die Kühe standen träge in den Boxen und malmten vor sich hin. Einige schauten den Besucher mit großen Augen an. Manche schüttelten ihre Köpfe – nicht wegen Joki, sondern um die Fliegen zu vertreiben. Es gab so viele Fliegen hier, dass Joki unwillkürlich die Lippen aufeinanderpresste. Und es stank nach frischen Kuhfladen. Nichts Außergewöhnliches zu sehen. Kein Mensch da.

„Einen schönen guten Abend noch", murmelte er schließlich und deutete eine höfliche Verbeugung an.
Zu Kühen musste man freundlich sein, fand Joki. Immerhin schenkten sie den Menschen Milch. Wenn auch nicht gerade freiwillig.
Als er den Stall verließ, umhüllte ihn die Dunkelheit wie ein Mantel.
Die Lichter im Haus waren alle erloschen, bis auf eine Lampe, genauer gesagt: eine Glühbirne. Ganz oben. In seinem Zimmer ...
Irgendjemand musste also doch da sein.
Aus der Finsternis drang plötzlich ein Knurren.
Verdammt! Waren ihm die Wölfe etwa gefolgt?
Noch ehe er den Gedanken zu Ende führen konnte, flog ein schwarzer kräftiger Körper auf ihn zu und schleuderte ihn gegen das Scheunentor.
Eine schleimige Zunge leckte in seinem Gesicht herum.
„Hey, lass das!"
Hundebellen antwortete ihm.
„Ach, du bist's, Bella!", rief Joki erleichtert. „Musst du mir so einen Schrecken einjagen?"
Er wehrte die Hündin ab und sprang auf die Füße. „Du blöder Köter!"
Mit dem Ärmel versuchte er den Sabber, so gut es ging, abzuwischen. „Iiiih, bäh, Alienschleim!" „Von welchem Planeten kommst du?"
Bella legte den Kopf schief, schaute unschuldig und wedelte mit dem Schwanz.

Joki bekam ein schlechtes Gewissen, weil er so unfreundlich zu ihr war und sie sich offenbar nur freute, ihn zu sehen.

Die Hündin benahm sich manchmal etwas lebhafter als erwünscht. Knut hatte sich erst neulich darüber beklagt, dass sie die Hühner jagte und diese dann in Panik gerieten und keine Eier mehr legten. Eine Henne war sogar vor Schreck tot umgefallen.

Aber vielleicht war Bella auch nur so durch den Wind, weil man ihr die Welpen weggenommen hatte? Knut hatte Bellas Wurf an umliegende Nachbarhöfe verteilt. „Das Baby wird Ruhe brauchen. Zu viel Gewusel und Gebell ist nicht gut für so ein kleines Menschlein."

Joki tätschelte unbeholfen den Kopf des Hundes. Er war nicht besonders geübt im Hundestreicheln. „Sorry, dass ich dich so angeblafft habe. Du bist natürlich kein blöder Köter."

Bella bellte kurz und erfreut, als hätte sie ihn verstanden. Ehe sich Joki versah, drängte die Hündin an ihm vorbei, als er das Haus betrat.

Na ja, schließlich gehörte sie auch hierher. Aus ihrer Sicht war vermutlich Joki der Eindringling. Und wenn in seinem Zimmer tatsächlich ein Unbekannter sein Unwesen trieb, konnte es ja nicht schaden, wenn sie vorauslief.

Mit einem mulmigen Gefühl schlich er die Stufen hinauf. Die Hündin kläffte vor der geschlossenen Tür, als würde sie sich ärgern, dass ihr niemand öffnete.

„Pscht", machte Joki und legte den Finger auf die Lippen.

Doch Bella scherte sich nicht darum. Vielleicht gehörten leise Töne einfach nicht zu ihrem Repertoire.

Langsam drückte Joki die Klinke hinunter.

Jemand lag in seinem Bett. Bis zum Kopf zugedeckt. Nur ein Haarbüschel konnte er erkennen.

Also, ein Einbrecher war es vermutlich nicht. Es sei denn, der Dieb wäre während seines Einbruchs eingeschlafen.

Bella machte noch einmal schrecklichen Lärm.

„Hundi, sei still", hörte Joki die Gestalt unter der Decke murmeln.

Die Stimme kam ihm bekannt vor.

„Sanja?"

„Nö, der Weihnachtsmann."

Sie richtete sich auf und grinste ihn an.

Joki lächelte verwirrt. „Was machst du denn hier? Wo sind die anderen?"

„Na, das ist ja eine nette Begrüßung", beschwerte sich Sanja und zog einen Flunsch.

„Sorry, aber ..."

„Aber Rhabarber. Ich wollte dich besuchen. Dein neues Zimmer besichtigen. Und kontrollieren, ob du die richtigen Poster an die Wand hängst. Aber du warst nicht da. Und dann ist bei deiner Mutter auf einmal die Fruchtblase geplatzt. Einfach so, ohne Vorwarnung. Gerade als sie mir einen Kakao kochen wollte. Knut ist mit ihr ins Krankenhaus gefahren und hat mir den Schlüssel in die Hand gedrückt und gesagt, ich soll dir Bescheid sagen. Alles klar?"

„Hammer", sagte Joki erschrocken. Die Fruchtblase geplatzt! Wie das klang. Als wäre ihr Bauch tatsächlich eine Melone. Seine Mutter bekam gerade ein Kind! Und er hatte sich im Wald herumgetrieben und keinen Gedanken daran verschwendet, was zu Hause los sein könnte.
„Dann war ich hier ganz allein und hab auf dich gewartet. Bin durch das Haus gelaufen, von einem Zimmer ins nächste. Also, ich find's irgendwie gruslig hier. Vielleicht spukt es ja um Mitternacht. Niemand wusste, wo du steckst und wann du wieder auftauchst. Und dann dachte ich, wenn ich ein bisschen schlafe, vergeht die Zeit schneller."
Joki nickte. Sanja redete beinahe ohne Luft zu holen. Ihm schwirrte der Kopf. Sogar Bella war ganz still geworden und hatte es sich auf einem kleinen plüschigen Teppich bequem gemacht.
„Und ich darf bei dir übernachten. Meine Eltern haben nichts dagegen."
„Aha. Ist gut. Also ... kein Problem. Ich meine ... Ich kann unten schlafen oder mir eine Matratze holen."
„Quatsch. In dein Bett passen wir beide. Es ist ja riesig! Und außerdem ... ich beiße nicht." Sie kicherte. „Oder hast du Angst vor mir?"
Joki spürte, dass er rot wurde. Zum Glück klingelte in diesem Moment das Telefon.
„Bin gleich wieder da."
„Na, hoffentlich", knurrte Sanja.
Joki stürmte die Treppe hinunter. Das Schrillen erfüllte

das ganze Haus. Ging es seiner Mutter gut? Was war mit dem Baby? Warum kam es jetzt schon? Fast einen ganzen Monat zu früh!
Nervös nahm er den Hörer ab. „Ja?"
„Johannes Kilian?", fragte eine schnarrende Frauenstimme.
Beinahe hätte Joki Nein gesagt. Mit seinem offiziellen Namen wurde er höchstens im Wartezimmer beim Arzt aufgerufen.
„Ist ... ist was passiert?"
„Wie man's nimmt." Joki hörte ein kurzes Lachen auf der anderen Seite. „Ich bin Hebamme und rufe aus der Klinik an. Deine Mutter lässt dir ausrichten, dass du eine kleine Schwester hast."
„Ach", brachte Joki heraus. Eigentlich wollte er sofort ein paar Fragen stellen: Wie geht es ihr? Ist alles in Ordnung? Wann kommt sie nach Hause? Wie heißt das Baby? Ist es gesund? Doch außer diesem erstaunten Ach kam nichts aus seinem Mund.
Die Anruferin legte auf, ohne noch etwas gesagt zu haben. Aber Joki war ja auch nicht sehr gesprächig.
Verwirrt lief er durch das große, fremde Haus und stieg nachdenklich die Treppe hinauf. Warum musste manchmal alles auf einmal passieren? Ein neues Zuhause, ein neuer Mensch, ein unheimlicher Wald und eine Begegnung mit Wölfen. Und zu allem Überfluss lag Sanja in seinem Bett. Vielleicht sollte er sich jetzt bei ihr entschuldigen. Und zugeben, dass sie recht gehabt hatte.

Als er die Tür öffnete, hörte er sie gleichmäßig atmen.
Ganz vorsichtig, um sie nicht zu wecken, legte er sich neben sie.
Ihr Duft schwebte zu ihm hinüber und beruhigte ihn ein bisschen.
Sie roch nach dem Rasierwasser ihres Vaters, das sie manchmal heimlich als Parfum benutzte.
Sanja war eben Sanja, und endlich freute er sich, dass sie da war.
Er schloss die Augen und sah den Wolf wieder vor sich. Seinen bernsteinfarbenen hypnotischen Blick, als sie gemeinsam am Bach saßen. Er sah sich der Wolfsfamilie folgen, als wäre er Teil des Rudels.
Irgendein Abenteuer wartete da draußen auf ihn. Da draußen im Wald.

Schwarzohr tapste hinter seinen Geschwistern über die Wiese. Etwas abseits und im hohen Gras verborgen beobachtete er, wie sie herumtollten und sich gegenseitig jagten. Zwar traute er sich immer noch nicht, sich in die wilden Spiele einzumischen, doch ihr Übermut übertrug sich allmählich auch auf ihn. Als einer seiner Brüder ihn in seinem Versteck entdeckte und auf ihn zusprang, ließ sich Schwarzohr sogar auf eine kleine Balgerei ein. Dann stürmten seine Geschwister schon wieder los – hinein in den dunklen Fichtenwald. Nach

kurzem Zögern folgte ihnen Schwarzohr. Auch wenn er der Letzte blieb und Abstand hielt, wollte er doch dazugehören, herumspringen und entdecken, was es zu entdecken gab. Anfangs störten ihn noch die Fichtennadeln, und er versuchte, den Ästen auszuweichen, die ihn immer wieder in die Nase pikten. Als etwas vor ihm davonhuschte, vergaß er seine Vorsicht jedoch und jagte dem kleinen Tier nach. Es war nur ein Mäuschen, nicht mehr als ein Happen Fleisch, aber das war ihm nicht bewusst. Allein dass die Maus vor ihm davonlief, stachelte ihn an, ihr zu folgen und sie zu fangen. Als sie schließlich in einem Erdloch verschwand, stand er erst nur ratlos da, drehte sich suchend um sich selbst und begann dann eifrig zu graben. Doch die Beute blieb verschwunden, auch wenn er den Mäusegeruch noch ganz deutlich in der Nase hatte. Der kleine Wolf ließ sich nicht beirren. So schnell wollte er nicht aufgeben. Also buddelte er immer weiter – so lange, bis eine tiefe Grube entstand. Beinahe verschwand er in dem düsteren Loch. Dann kam ihm plötzlich etwas merkwürdig vor. Es war auf einmal so still!
Schwarzohr tauchte wieder an der Oberfläche auf und hielt Ausschau nach den Geschwistern. Sie waren doch eben noch ganz in seiner Nähe gewesen!
Er stieß ein winselndes Kläffen aus und wartete auf eine Antwort. Wie konnten sie ihn einfach so alleinlassen? In welche Richtung musste er laufen, um seine Eltern wiederzufinden?

Er hob den Kopf und nahm Witterung auf. Doch an seiner Nase klebte dick die schwarze Erde des Waldbodens. Alles, was er wahrnahm, war der stechende Geruch von Mäuse-Urin.

Er schnaubte und versuchte die feuchte Erde abzuschütteln. Ein paar winzige Steinchen gerieten in seine Nasenlöcher, und er musste niesen. Mit der Pfote begann er sich, so gut es ging, zu putzen, als plötzlich ganz in seiner Nähe etwas knackte. Vielleicht kehrten seine Geschwister zurück?

Aber das Tier, das durch das Gehölz brach, war kein Wolf. Es hatte eine weiße Schnauze, die im Dunkeln unheimlich leuchtete, zwei schwarze Streifen, die von der Nase bis zu den runden Ohren reichten, und kleine, finster blickende Augen. Als es auf den Wolf stieß, fauchte es, und sein Fell sträubte sich. Vor Überraschung blieb Schwarzohr wie angewurzelt stehen und stieß ein warnendes Knurren aus. Das Tier wirkte bullig und machte ihm Angst. War es gefährlich? Würde das Wölflein gleich kämpfen müssen?

Schwarzohr wusste nicht, dass er es nur mit einem Dachs zu tun hatte. Das fremde Wesen fauchte noch einmal, und es klang bedrohlicher als beim ersten Mal, drehte dann aber um und suchte das Weite.

Schwarzohr hob triumphierend den Kopf. Das Tier war größer als er und doch vor ihm davongelaufen! Dennoch verwirrte ihn die Begegnung. All die Gerüche und Geräusche des Waldes hatten eine bestimmte Bedeutung. Überall raschelte und knackte es jetzt. Und auf einmal konnte etwas geschehen, konnte ihn ein unbekanntes Tier überraschen. Warum lag er nicht bei seiner Mutter, eng an ihr weiches Fell geschmiegt?

Von der Furcht getrieben, rannte er einfach drauflos. An manchem Baum machte er kurz Halt und schnupperte nach Spuren seiner Verwandtschaft. Endlich witterte er seine Geschwister, und er stieß freudig erwartungsvolle Töne aus. Doch niemand antwortete ihm.

Also folgte er der Geruchsspur. Es war der einzige Anhaltspunkt, den er hatte. Das Wölflein strengte sich an, schneller zu laufen, um seine Geschwister noch einzuholen. Eine Zeit lang gelang ihm dies. Die Angst trieb es weiter und der große Wunsch, endlich zurück zur Mutter zu gelangen. Aber der nächtliche Wald hielt Fallen für das unerfahrene Junge bereit. Einmal verhedderte es sich im Geäst eines umgestürzten Baumes. Die Zweige schienen es zu umschlingen, als wollten sie Schwarzohr nicht mehr hergeben. Die spitzen Nadeln stachen ihn, und er musste die Augen zukneifen.

Er kämpfte tapfer und paddelte, als wäre er im Wasser. Er kämpfte so sehr, dass er sogar das Winseln vergaß. Endlich konnte er sich befreien, sprang von einem federnden Zweig und landete im Moos.

Einen Moment hielt Schwarzohr inne; verwirrt darüber, wo er sich befand und dass er ganz und gar allein war. Er blinzelte in das Mondlicht, das zwischen den Zweigen in Tropfen auf ihn herabzufallen schien. Aus seiner

Kehle drang ein langgezogener Ton, der erst kläglich klang und dann anschwoll und lauter wurde, ein Heulen, das er nie zuvor ausgestoßen hatte und das ihm eine merkwürdige Kraft verlieh.

Dann setzte er seinen Weg, von dem er nicht wusste, wohin er ihn führen würde, fort.

Er ahnte nicht, dass er sich immer weiter von seiner Familie entfernte.

SCHÜSSE IM WALD

Das Baby hieß Fiona, wurde aber von allen Fienchen genannt und hatte blondes, flaumiges Haar, das weicher war als Daunen.
Fienchen lag auf der Wickelkommode, und Joki sollte einen Moment auf sie aufpassen. „Spiel doch mit ihr", hatte seine Mutter gesagt. Aber was sollte man mit so einem Frischling spielen?
Joki beugte sich über sie und hielt ihr den Zeigefinger hin, und sie griff danach – mit ihrer ganzen winzigen Hand, umklammerte ihn mit erstaunlicher Kraft, so als wollte sie ihn nie wieder loslassen.
Amüsiert kicherte Joki, und seine kleine Schwester runzelte die Stirn und schaute ihn irritiert an. Aber das brachte ihn nur noch mehr zum Lachen. So ein neugeborenes Menschlein zu betrachten war beinahe so interessant, wie Ameisen zu beobachten.
Plötzlich lief Fienchens Kopf rot an, und sie strampelte irgendwie verzweifelt mit den Beinen. Dann quäkte sie noch dazu, blickte erstaunt und empört zu Joki hinauf, als hätte er sie gekniffen. „Was ist? Was hast du denn?", fragte Joki beunruhigt.
Seine Schwester antwortete mit einem lautstarken Knattern. Im Nu entspannte sich ihr Gesicht, sie ließ seinen Finger los, und es schien fast, als lächelte sie.
„Oje", sagte Joki, als ihm der Duft in die Nase stieg.

Zum Glück kam seine Mutter gerade mit einem Paket frischer Windeln.

„Ist sie nicht ein Wunder?", fragte sie und sah gleichzeitig glücklich und erschöpft aus. „Das Leben ist doch ein Wunder, oder?"

Joki nickte, obwohl seine Mutter ihn gar nicht anschaute, sondern nur Augen für Fienchen hatte, die jetzt wild strampelte – wie ein Käfer, der auf den Rücken gefallen war. Und eigentlich fragte er sich auch, was daran ein Wunder sein sollte, dass Fienchen in die Windel schiss.

Joki fühlte einen Stich Eifersucht. Alles, was seine Schwester tat oder nicht tat, nahm seine Mutter unheimlich wichtig. Wenn die Kleine schlief, mussten alle mucksmäuschenstill sein, um sie nicht zu wecken. Auch wenn sie an der Brust nuckelte, durfte Joki nicht stören. Und ständig machte seine Mutter sich Sorgen: Wieso rülpste das Baby nicht gleich nach der Mahlzeit? Warum schrie es, obwohl es satt und sauber war? Warum spuckte es plötzlich einen ganzen Schwall Milch aus? Wurde es etwa krank?

Wenn Joki ein Bäuerchen machte, schön laut, um seiner Schwester zu zeigen, wie das geht, verzog seine Mutter nur gereizt das Gesicht. Na, wenigstens fragte sie nicht mehr nach den Englisch-Arbeitsblättern, die sie ihm ausgedruckt hatte. Auch schien es sie nicht zu kümmern, dass er sich so oft wie möglich in den Wald verdrückte. Besonders häufig kam das allerdings gar nicht vor, da Joki jetzt ständig auf dem Hof helfen musste.

Stall ausmisten, Kühe füttern, Hof fegen ... Knut fand täglich Aufgaben für ihn, die er zu erledigen hatte.
„So ist das nun mal auf dem Bauernhof", hatte sie versucht ihn zu beschwichtigen, als er sich beklagte. „Dafür hast du ein tolles großes Zimmer für dich allein, oder nicht? Knut hat sich Mühe gegeben, alles für uns herzurichten. Du könntest ruhig ein bisschen dankbar sein."
Joki hatte nichts dazu gesagt. Dankbar sein? Wofür? Dass er nach Kuhstall stank und Mist an seinen Schuhsohlen klebte?
Seine Mutter begann jetzt, das Baby zu wickeln. Gerade als Joki dachte, dass er sich endlich davonschleichen könnte, bat sie: „Reichst du mir mal ein Öltuch?"
Joki fummelte so ein glitschiges Stück aus der Packung und gab es seiner Mutter. „Kann ich gehen?", fragte er ungeduldig.
„Du kannst ruhig zusehen und lernen, wie es gemacht wird."
„Es stinkt! Außerdem weiß ich schon, wie man einen Hintern abwischt!"
Seine Mutter lachte. Dann seufzte sie. „Na schön. Hau schon ab. Aber nimm den Windeleimer mit."
Joki ließ sich das nicht zweimal sagen. Er rannte nach draußen, kippte den Eimer in die Mülltonne und holte ein paar Schritte entfernt erst mal tief Luft. Als er sich umwandte, stand plötzlich Knut vor ihm. „Gut, dass ich dich treffe", sagte er. „Du kannst gleich mal helfen, die

Kühe zu füttern, und dann zeige ich dir bei der Gelegenheit, wie gemolken wird."
„Geht nicht, ich muss für Englisch üben", erklärte Joki schroff und flüchtete ins Haus zurück.
„Aber du kannst doch nicht einfach ...", hörte er Knut noch rufen.
Doch. Er konnte so einfach. Was bildete der Typ sich eigentlich ein? Dass er hier den Stallburschen spielte?

Joki hockte in seinem Zimmer und starrte fünf Minuten in den Hefter mit den Englisch-Arbeitsblättern. Es kam ihm vor, als starrte der Hefter zurück. Wie konnte man mit Ärger im Bauch eine fremde Sprache lernen?
Außerdem schien die Gelegenheit, in den Wald abzuhauen, gerade günstig. Seine Mutter war mit dem Baby beschäftigt und Knut mit den Kühen. Wenn er sich für ein Stündchen verkrümelte, würde das niemandem auffallen.
Joki feuerte den Hefter in die Ecke und griff sich den überdimensional großen olivgrünen Wanderrucksack, den ihm seine Oma zum Geburtstag geschenkt hatte. „Der gehörte mal deinem Großvater – der ist damit sogar auf Berge gestiegen." Auf den groben Segeltuchstoff hatte sie extra für Joki noch ein paar bunte Eulen über die kleinen Löcher genäht, die ihn jetzt mit durchdringenden Blicken unheimlich fröhlich anstarrten.
Auf dem Weg nach unten hörte er eine Katze jaulen, bis ihm einfiel, dass es hier keine Katzen gab und es nur

Fienchen sein konnte. Die Laute klangen gequält, als hätte sie Bauchschmerzen. Dafür zwitscherte seine Mutter wie ein durchgeknallter Vogel, um das Baby aufzumuntern. Wie es aussah, würde es noch eine ganze Weile dauern, ehe er seine Schwester mit in den Wald nehmen und ihr alles zeigen konnte.

Joki schlich an der Hauswand entlang, blickte um die Ecke – sah aber nur ein paar Hühner. Dann flitzte er zum Traktor, von dort zur dicken Eiche und schließlich zu dem Schuppen, an dem sein Fahrrad lehnte. Er überlegte kurz, ob er damit losfahren sollte. Aber er ließ es stehen; die Wege waren zu sandig. Stattdessen rannte er quer über das Feld. Seine Schritte wurden immer größer, je näher er dem Wald kam. Oder wuchsen seine Beine in Sekundenschnelle? Seine Schuhe jedenfalls drückten schon wieder ein wenig. Aber seine Mutter hatte bestimmt keine Zeit für einen Schuhkauf.

Der Wald empfing ihn mit Blätterrauschen und Vogelgezwitscher. Automatisch verlangsamte Joki seinen Lauf, hielt Ausschau nach … Ja, wonach? Dem Rudel? Oder wenigstens einem Pfotenabdruck im Sand? Wahrscheinlich waren die Wölfe längst weitergewandert.

Am Bach war es still. Kein Wind wehte. Kein Geräusch, das an seine Ohren drang. Nur sein Magen knurrte. Joki warf sich ins Gras und angelte die Lunchbox aus dem Rucksack. Er fand eine angebissene, schon etwas matschige Banane, aß sie schnell und legte die Schale in den Plastikbehälter zurück. Über ihm segelte ein Bussard.

Joki sah ihm eine Weile zu, wie er seine Kreise drehte. Er sah graziös aus wie ein Balletttänzer. Nur dass der Vogel seine Kunststücke nicht üben musste und kein Publikum hatte. Abgesehen von Joki.
Nach einer Weile flog er davon, und Joki blickte ihm nach, bis er nur noch ein schwarzer Fleck in der Luft war. Wie es sich wohl anfühlte, dort oben zu sein? Er schaute zu den Wolken hinauf, die gemächlich über ihn hinwegzogen. Sie sahen aus wie Fische. Ein Delfin, ein Hai, ein Rochen. Der Himmel verwandelte sich in ein Meer, und Joki schien es, als würde er sacht auf einer Wolke schaukeln.
Er erwachte von einem ohrenbetäubenden Laut und sah sich verwirrt um. Wo befand er sich?
Sein Herz raste so sehr, dass er die Hand auf die Brust legte. Benommen starrte er in den Bach. Das Wasser floss an ihm vorbei, leise, als wollte es ihn nicht stören. Vielleicht hatte das Plätschern dazu geführt, dass er eingedöst war? Aber wie lange hatte er geschlafen? Und was, zum Teufel, hatte ihn geweckt?
Suchend tastete er mit seinen Blicken das gegenüberliegende Ufer ab. Bewegte sich da nicht etwas im Busch? Das Geäst schwankte doch leicht, oder?
Joki presste sich auf die Erde und kroch rückwärts. Er schob sich hinter einen umgekippten, moosbewachsenen Baumstamm. Vielleicht kam der Wolf ja doch wieder zum Bach?
Doch dann sah er etwas zwischen den Blättern aufleuchten, und im nächsten Moment hörte er einen zweiten lau-

ten Knall. Joki zuckte zusammen. Es klang wie Donner, nur dass es nicht blitzte. Keine Spur von einem Gewitter. Waren das etwa ... Schüsse? Schoss da jemand?
Ihm brach der Schweiß aus. Sanja, die sich im Wald auskannte, hatte ihm einmal erzählt, dass Jäger manchmal aus Versehen Menschen erschossen, die sie für Wildschweine hielten.
Hinter ihm knackten Äste, und er drehte sich um.
Ein Reh. Es rannte davon.
Ein nervöses Summen wollte aus seiner Kehle steigen, aber Joki presste die Lippen aufeinander.
Der Mann hinter dem Busch fluchte. Das Reh war längst über alle Berge.
Joki lauschte verblüfft. Diese Stimme kannte er doch!
Knut?
Sollte er sich bemerkbar machen?
Besser nicht. Das würde nur Ärger geben. Aber wenn er nun Jokis braunes Haar für Wildschweinfell hielt?
Nervös wartete er darauf, dass sein Stiefvater aus dem Gebüsch kommen würde.
Doch er kam nicht. Es musste wohl noch einen anderen Weg geben. Joki hörte Schritte. Sie schienen sich zu entfernen, und er atmete auf.
Natürlich hatte Joki das Gewehr im Schuppen schon entdeckt. Es stand eingeschlossen in einem Schrank mit einer Panzerglastür. Aber bisher hatte er sich noch keine Gedanken über die Waffe gemacht.
Hastig griff Joki nach seinem Rucksack und der Plastik-

dose mit der Bananenschale, die jetzt voller Ameisen war, aber das scherte ihn nicht.

„Was machst du denn hier?", hörte er plötzlich eine Stimme über sich.

Joki fuhr zusammen und versuchte zu lächeln.

„Die Natur beobachten", murmelte er. „Für ... für Bio. Die Lebensweise des Flohkrebses und solche Sachen."

„Du bist mir schon so ein Flohkrebs", sagte Knut. In seinen Augen funkelte Spott. „Ich dachte, du hast Ferien."

„Das ist zur Vorbereitung für das Projekt im nächsten Schuljahr", verteidigte sich Joki matt.

„Und ich bin der Kaiser von China." Knut lachte über seinen eigenen Scherz. Aber es klang nicht besonders fröhlich.

Joki schwieg. Knut trug gefleckte Jagdkleidung, und unter dem schiefen Käppi quollen Schweißperlen hervor. Wie der Kaiser von China sah er nun wirklich nicht aus. Eher wie ein verkleideter Gartenzwerg.

„Du solltest mir Bescheid sagen, wenn du dich hier rumtreibst. Im Wald ist es gefährlich. Es gibt wilde Tiere."

„Wilde Tiere?", fragte Joki. Wusste Knut etwa von den Wölfen?

„Wildschweine zum Beispiel. Die sollte man nicht unterschätzen."

Joki wich dem vorwurfsvollen Blick aus. Eine Wasseramsel badete im Bach. Gern hätte er sich jetzt ans Ufer gehockt und sie beobachtet.

„Na, wenn du schon mal hier bist, kannst du mich auch

begleiten. Wir brauchen noch was Leckeres zum Abendbrot."

Als Joki verstand, was Knut damit meinte, unterdrückte er ein Stöhnen. Auch das noch. Er verspürte nicht die geringste Lust, Knut dabei zuzusehen, wie er ein Reh tötete. Scheinbar kam der Mann nicht auf den Gedanken, dass sein Stiefsohn schon bei der bloßen Vorstellung Bauchschmerzen bekam.

Warum mussten Menschen eigentlich Tiere umbringen? Aber Joki aß doch auch Leberwurstbrötchen zum Frühstück. Es schmeckte einfach zu gut. Und das braune Gemansche sah nicht einmal so aus, als stammte es von einem Tier. Warum wuchsen Leberwürste nicht an Bäumen? Das wäre viel praktischer.

Knut ging voraus, ohne sich umzusehen, und Joki blieb nichts anderes übrig, als hinterherzustapfen. Schließlich hatte er sich schon vor dem Melken gedrückt. Er musste „Kompromisse eingehen", wie seine Mutter das nannte. Das bedeutete, dass man auch Dinge tun sollte, die man eigentlich doof fand. Aber wieso? Das hatte er vergessen. Beim Anblick des Gewehrs, das über Knuts Schulter baumelte, spürte er ein Unbehagen.

Die Tiere im Wald hatten ihnen nichts getan. Besaßen sie nicht ein Recht auf Leben – so wie die Menschen?

Doch Jäger und Sammler gab es ja schon in der Steinzeit. Die Neandertaler wachten morgens in ihrer Hütte auf, und ihnen knurrten die Mägen. Ein paar Beeren, Nüsse und Pilze machten eben auf Dauer nicht satt. Also bastelten sie sich Speere und später Pfeil und Bogen und gingen auf die Jagd. An einem Mammut war ja genug dran – jede Menge Fleisch, Fell und Knochen. Und was hätten die Steinzeitmenschen sonst auch tun sollen? Supermärkte gab es damals ja noch nicht.

In gewisser Weise lebte Knut wie ein Mensch aus früher Vorzeit: von Ackerbau, Viehzucht und eben der Jagd. Eigentlich war doch daran nichts verkehrt!

Trotzdem spürte Joki etwas Schweres in seinem Bauch, als hätte er gerade ein ganzes Wollhaarnashorn verdrückt. Darum war er froh, als er merkte, dass Knut den Heimweg antrat. Sie konnten genauso gut ein Omelett zum Abendbrot essen. Eier gab es genug auf dem Hof.

Über ihnen kreiste der Bussard. Joki freute sich, ihn wiederzusehen. Vielleicht war der Vogel auch ein Weibchen und hatte sein Nest mit frisch geschlüpften Jungen in der Nähe?

„Der ist ja ganz schön dicht über uns", meinte Knut. In seiner Stimme schwang ein frohlockender Unterton mit, der Joki beunruhigte. Er wollte doch nicht etwa …

Ehe Joki den Gedanken zu Ende denken konnte, riss Knut sich das Gewehr von der Schulter.

„Probier's mal", sagte er munter. „Ist eine gute Übung. Aber pass auf, wohin du zielst. Das Ding ist schon geladen."

Mit einem verdatterten Lächeln nahm Joki die Waffe entgegen. Sie war schwer. Viel schwerer, als er erwartet hätte.

„Was denn probieren?", murmelte er, obwohl ihm das eigentlich klar war. Es kam ihm nur so unwahrscheinlich vor, dass Knut ihm einfach eine Flinte in die Hand drückte und er auch noch schießen sollte – auf ... auf etwas Lebendiges!
„Ist das nicht verboten?"
„Hast du etwa Angst?"
Joki schüttelte den Kopf. „Nein. Es ist nur ... Ich ... ich mag den Bussard." Es klang komisch, was er da sagte, das hörte er selbst. Trotzdem kränkte ihn Knuts schallendes Lachen.
„Du magst einen Vogel?"
Joki nickte trotzig. „Ja. Er ist toll. Sein Flug hat was ... Majestätisches. Ich will nicht, das ihm etwas Böses geschieht!"
„Du bist mir einer." Knut runzelte verwundert die Stirn. „Jeder Bengel in deinem Alter würde sich darum reißen, mal zu schießen!"
„Ich bin nicht jeder", sagte Joki trotzig und gab das Gewehr zurück.
Knut seufzte. „Stimmt. Du bist ein kompliziertes Früchtchen."
War das ein Vorwurf? Aber es klang nicht unfreundlich. Knut grinste ihn an, als würde er sich auch ein bisschen über den Widerstand freuen. „Dann lass uns mal nach Hause gehen."
Joki nickte und warf einen Blick in den Himmel hinauf. Der Bussard war verschwunden.

Als der Knall die Stille zerriss, hob der Wolf ruckartig den Kopf. Er tauschte einen Blick mit der Wölfin, die vor dem Höhleneingang lag und erschrocken zusammengezuckt war. Nach der langen vergeblichen Suche wirkte sie geschwächt. Sie hatten Spuren von Schwarzohr gefunden, aber der kleine Wolf blieb verschwunden. Schließlich waren sie zur alten Höhle zurückgekehrt, und die Wölfin war in den Bau hineingekrochen. Im Innern roch es überall nach dem Kleinen, den sie verloren hatten. Doch es war kein neuer Geruch. Ein zweiter Knall ertönte. Der Wolf knurrte beunruhigt. Schüsse im Wald kamen nicht oft vor, aber sie verhießen nichts Gutes. Unruhig rannte er hin und her, umkreiste die Jungen, die sich mal wieder rauften und ihre Kräfte maßen. Ein Anflug von Panik mischte sich mit dem Fluchtinstinkt. Es drängte ihn schon seit einigen Tagen danach, die Gegend zu verlassen und weiterzuziehen. Hier gab es zu wenig Wild für ein ganzes Rudel. Die jungen Wölfe waren jetzt stark genug für eine lange Wanderung. Und sie mussten das Jagen lernen. Es war höchste Zeit für frische Nahrung.
Die Wölfin erhob sich und schüttelte sich, als wollte sie die Erschöpfung abwerfen, gleichzeitig ignorierte sie die eindeutigen Signale zum Aufbruch.
Der Wolf lief zu ihr und stupste sie nervös an, doch sie

blickte an ihm vorbei in die Ferne, als könnte Schwarzohr jeden Moment aus einem Busch gesprungen kommen. Ihre Augen wirkten starr und glasig. Hatte sie die Berührung überhaupt wahrgenommen? Beim zweiten Stupser, der etwas kräftiger ausfiel, stieg ein tiefes Grollen aus ihrer Kehle. Ihr Nasenrücken kräuselte sich, und sie bleckte leicht die Zähne.

Der Wolf ließ sie nun lieber in Ruhe und umrundete noch einmal in weitem Bogen seine Familie. Auch er lauschte und hielt die Nase in den Wind, um Witterung aufzunehmen. Doch der verlorene Welpe schien längst nicht mehr in der Nähe zu sein.

Nach einer Weile wandte er sich ab, um zum Bach zu laufen und von dort aus noch einmal auf Spurensuche zu gehen. Außerdem musste er nach Futter Ausschau halten. Am Morgen war ihm ein Rehbock entwischt.

Sein Instinkt sagte ihm, dass er ein Tier finden musste, das sich leichter jagen ließ und doch groß genug war, dass sein Fleisch für alle reichte.

Noch quälte sie der Hunger nicht. Aber das würde sich bald ändern.

DAS GIBT ÄRGER!

Joki trug Gummistiefel, die ihm bis zu den Knien reichten, und eine neue kornblumenblaue Latzhose. Feierlich wie der Papst hatte seine Mutter ihm die Kleidungsstücke überreicht – gleich nach dem Aufwachen. Als könnte sie es nicht erwarten, dass er endlich aufstand und seine Arbeit auf dem Hof erledigte.
Als er mit der Mistgabel den Dung auf die Schubkarre hievte, kam er sich fast wie ein richtiger Bauer vor. Ab und zu drehte sich eine Kuh zu ihm um und betrachtete ihn argwöhnisch.
„Hallo, Berta, gut geschlafen?", fragte er dann. Oder auch: „Grüß dich, Sieglinde. Lange nicht gesehen und doch wiedererkannt." Oder: „Treffen wir uns nachher auf der Weide, Lady?"
Der Gesichtsausdruck der jeweiligen Kuh veränderte sich meist nicht sonderlich, und ein Muhen als Antwort bekam er eher selten. Aber es machte Joki Spaß, mit den Tieren zu plaudern. Wenn es schon sonst keine Abwechslung im Stall gab …
Die drei Kälbchen standen auf ihren staksigen Beinen herum oder lagen im Stroh und warteten darauf, dass sie auf die Weide durften. Er staunte immer wieder darüber, wie ausgelassen die Tierkinder herumtobten, wenn sie erst auf der Wiese waren. Im Stall schienen sie sich ebenso zu langweilen wie Joki. Vorsichtig streckte

er seine Hand aus und streichelte das kleinste Kalb, das gerade mal ein paar Tage alt war. Es schnupperte misstrauisch an seiner Hand, begann dann aber an seinen Fingern zu lecken. Es kitzelte ein bisschen, und Joki lachte. Dann fiel ihm seine Arbeit wieder ein, seufzend griff er nach der Mistgabel.

Schließlich hob er die bis obenhin gefüllte Schubkarre an. Der Gestank trieb ihm Tränen in die Augen. Die Nase zuhalten konnte er sich nicht. Ihm wurde einen Moment ganz flau, und er strauchelte wie ein Betrunkener durch den Gang an den Boxen vorbei.

Gerade als Knut den Stall betrat, kippte die Schubkarre um. Hilflos sah Joki zu, wie die ganze Ladung wieder auf dem Boden landete. „So ein Mist!", fluchte er und musste plötzlich lachen. Vielleicht war dem Erfinder des Fluchs ja auch mal eine Schubkarre umgekippt?

„Junge", sagte Knut mit gepresster Stimme. Seine hochgezogenen Augenbrauen verhießen nichts Gutes. Aber statt zu meckern, griff er sich selbst eine Forke und schippte im Handumdrehen den Mist zurück.

„Geh mal lieber aus dem Weg", murmelte er.

Joki senkte beschämt den Kopf. „Tut mir leid. Das Ding war einfach zu schwer."

„Nicht so schlimm. Das wird schon noch. Schau mal im Hühnerstall nach Eiern. Deine Mutter braucht welche für einen Kuchen."

„Okay", sagte Joki.

Es hatte geregnet, und die Erde war aufgeweicht und

sumpfig. Als er über den matschigen Hof rannte, merkte er, dass die Gummistiefel ihm eigentlich etwas zu groß waren. Er merkte es daran, dass einer der beiden im Modder steckenblieb.
Joki hüpfte auf einem Bein in einer Pfütze herum und angelte nach dem verlorenen Stiefel.
Er hoffte nur, dass ihn niemand beobachtete.
„Was machst du denn da?", kreischte auf einmal eine Stimme, die ihm äußerst bekannt vorkam.
Sanja. Natürlich. Wer sonst. Sie besaß ein Talent dafür, in den unpassendsten Momenten aufzutauchen.
„Hey", rief er zurück. „Ich übe."
Sanja stellte ihr Fahrrad ab und stemmte die Hände in die Hüften. Jetzt wollte sie bestimmt wissen, was er übte.
„Aha", sagte sie aber nur.
„Ich übe das Üben", erklärte Joki trotzdem.
Er sprang einbeinig Richtung Hühnerstall, als hätte er das die ganze Zeit so geplant.
Sanja machte es ihm nach. Nur dass sie es etwas übertrieb und keine Pfütze ausließ. Sie schien das Ganze für ein Spiel zu halten.
Matsch und Dreckwasser spritzten nach allen Seiten.
Die neue Latzhose sah nicht mehr besonders neu aus.
Aber auch Sanjas Kleid hatte jetzt braune Punkte. Sie waren von unten bis oben gesprenkelt, als hätten sie auf einmal überall Sommersprossen bekommen. Sogar in ihren Haaren klebte der Schlamm. Und über Sanjas

Gesicht zog sich ein breiter brauner Streifen, wie eine Art Kriegsbemalung.

Joki riss die Tür zum Gehege auf, und gemeinsam mit Sanja hüpfte er in den Stall.

Erschrocken sprangen zwei Hühner beiseite und rannten schnurstracks davon.

Der Hahn gackerte empört. Plötzlich plusterte er sich auf, und ehe sich Joki versah, stürmte das Vieh auf ihn los, sprang ein Stück an ihm hoch und pickte ihn in den Oberschenkel.

„Au!", schrie Joki verblüfft.

Der Hahn krähte lauthals. Es klang triumphierend, als hätte er ein Tor geschossen. Dann griff er noch einmal an.

Joki wich ihm aus. Der Hahn landete auf dem Boden und schlitterte ein Stück auf dem Hintern, wie in einem Trickfilm.

Joki hörte erst jetzt, dass Sanja lachte.

„Das ist nicht lustig. Das Biest ..." Er kam gar nicht dazu, weiterzureden. Der Gockel nahm Anlauf und rannte wie wild geworden auf ihn zu. Joki wehrte ihn mit dem Gummistiefel ab, den er auf dem Hof verloren hatte und immer noch in der Hand hielt. „Hör endlich auf, du Mistvieh!"

Doch das Tier dachte gar nicht daran. Es machte einen Bogen um Joki herum und versuchte, ihn von hinten anzugreifen.

Sanja schnappte sich einen großen Metalleimer. Mit

einer geschickten Bewegung stülpte sie ihm den Behälter über den Kopf, und der Hahn war gefangen.

Das Federvieh krächzte empört. Sanja setzte sich auf den umgedrehten Futterkübel und kicherte. „Gewonnen!", rief sie. „Kikeriki!"

Der Hahn wurde auf einen Schlag ganz still.

„Kannst du noch ein bisschen da sitzen bleiben?", fragte Joki. „Ich muss die Eier einsammeln."

„Kikeriki!", krähte Sanja und lachte.

Joki nahm sich einen Korb aus dem Regal und griff nach dem ersten Ei im Hühnernest. Aber er ließ es gleich wieder fallen.

Es platschte direkt vor seine Füße. Das Eidotter suppte aus der Schale.

„Was soll das denn?"

„Da klebt noch Scheiße dran", sagte Joki und wischte sich die Hand an der Hose ab.

„Na und? Was denkst du, wo die Eier aus dem Huhn rauskommen?"

Joki zuckte mit den Schultern. So genau wollte er sich das gar nicht vorstellen.

„Aus dem Poloch", erklärte Sanja mit ernster Miene.

Joki schwieg. Fast ohne hinzusehen, sammelte er schnell die Eier ein.

Eine der Hennen gackerte ihn an.

„Die findet das doof, dass ich ihr das Ei klaue", meinte Joki.

„Sie kann ja ein neues legen", sagte Sanja.

„Und das wird ihr dann wieder weggenommen."
„Tja. Deine Mutter will eben Kuchen backen."
„Aber vielleicht hätte die Henne lieber ein Küken ausgebrütet."
Unter dem Eimer machte der Hahn jetzt Rabatz. Er hieb mit dem Schnabel gegen das Metall und krächzte empört.
„Beeil dich lieber", sagte Sanja. „Sonst kriegt der Gockel noch einen Hackschaden."
Nachdenklich betrachtete Joki seine Ausbeute. Dann nahm er das oberste Ei und schob es der gackernden Henne unter das Gefieder. Sie legte den Kopf schief, und es kam ihm vor, als würde sie ihn anlächeln.
„So. Fertig." Joki hielt Sanja den gefüllten Korb unter die Nase.
„Dann bring ihn deiner Mutter, ich lass den Kumpel hier frei und komm nach."
Joki zögerte.
„Mach schon! Sonst greift er dich an, und es gibt Rührei statt Kuchen."
„Aber ... pass auf", murmelte Joki und schlüpfte aus dem Stall.
Durch den Türspalt sah er, wie Sanja den Eimer ganz vorsichtig anhob.
Der Hahn schlüpfte hervor und trudelte verwirrt im Kreis herum. Sanja beachtete er gar nicht.
Er hat es nur auf mich abgesehen, dachte Joki.

„Wie siehst du denn aus?", fragte seine Mutter entgeistert, als er ihr die Eier in die Küche brachte.
Die blaue Latzhose hatte nicht nur Flecken, sondern auch Löcher.
„Der blöde Hahn hat mich angegriffen", beschwerte sich Joki.
Seine Mutter seufzte. „Und da haben die Leute Angst vor Wölfen", sagte sie leise.
„Angst vor Wölfen?", fragte Joki schnell.
„Ach ... Das sind nur Gerüchte."
„Was für Gerüchte?"
Sie zuckte mit den Schultern, nahm ein Ei und schlug es am Rand der Schüssel auf.
„Jemand soll Spuren im Wald gefunden haben ..."
Sie warf Joki einen schnellen prüfenden Blick zu. „... und Wolfskot. Und jetzt fürchten die Leute ..."
„Wo denn genau?", unterbrach er sie aufgeregt.
„Keine Ahnung. Wieso interessiert dich das überhaupt?"
„Nur so. Ist doch spannend, oder etwa nicht?", fragte Joki zurück.
Ohne ihn aus den Augen zu lassen, rührte seine Mutter so schnell in der Schüssel herum, als wollte sie einen Weltrekord im Herumrühren aufstellen.
„Du machst doch keinen Blödsinn, oder?"
Joki runzelte die Stirn und sah sie, so entrüstet er konnte, an. Das musste als Antwort genügen.
„Knut meint, du solltest dich nicht allein im Wald herumtreiben. Wenn dir da was passiert ..." Sie goss den Teig

in die Backform und kleckerte ziemlich dabei. „Er macht sich eben Sorgen. Das ist doch nett von ihm."
„Ich bin kein Baby mehr", antwortete Joki. „Ich pass schon auf mich auf." Hatte Knut seiner Mutter von ihrer gestrigen Begegnung im Wald erzählt?
„Apropos Baby", sagte Sanja, die plötzlich wie aus dem Nichts hinter ihm stand. „Wo ist denn eigentlich Fienchen?"
„Sie schläft."
„Hm." Sanjas Gesicht sah unter der Schlammkruste ganz enttäuscht aus. „Schade. Sie ist so ein ... Sonnenschein. Immer wenn ich sie sehe, scheint in mir drin die Sonne." Theatralisch klopfte sie sich an die Brust, und Joki konnte deutlich erkennen, wie schwarz ihre Fingernägel waren. Doch seine Mutter lächelte ganz entzückt. „Möchtest du vielleicht die Schüssel auslecken?", fragte sie.

Aus dem Wohnzimmer erklang ein Schrei, dann knallte etwas, als würde ein Stuhl umfallen oder auch etwas Größeres.
„Verdammte Viecher!", schrie Knut.
Joki tauschte einen erschrockenen Blick mit seiner Mutter, die gerade dabei war, den Kuchen aus dem Ofen zu holen. Dampfender Apfelkuchen mit Streuseln obendrauf, so wie Joki ihn besonders mochte.
„Ich geh nachsehen."
Sie nickte ihm zu. Sanja wollte ihm folgen, aber er bedeutete ihr mit einer Geste, dass sie bleiben sollte. Die

Stimme im Wohnzimmer klang nach Ärger. Und irgendetwas sagte Joki, dass dieser Ärger ihm galt.
Knuts Gesicht war rot wie eine Tomate. Außerdem führte er einen merkwürdigen Indianertanz um den umgekippten Sessel auf. Er zappelte mit Armen und Beinen, sprang hin und her und fluchte.
Joki musste unwillkürlich lachen. Dann erst sah er, was los war: Ameisen! Überall krabbelten Ameisen herum! Der Rucksack lag auf dem Sofa, offenbar hatten sich die Tierchen aus der Lunchbox befreien können. Vielleicht war sie auch nicht richtig geschlossen gewesen. Ein süßer Geruch nach verfaulter Banane lag in der Luft.
„Fünf Minuten!", schrie Knut. „Ich wollte mich nur fünf Minuten ausruhen! Auf meiner Couch! Was hat dein Rucksack hier zu suchen, hä, Freundchen? Was grinst du so blöd? Das ist nicht lustig!"
Joki versuchte das Lächeln in seinem Gesicht einzufrieren. Aber das ging nicht so leicht. Jedenfalls nicht sofort. „'tschuldigung", brachte er heraus. In seinem Hals kratzte es plötzlich.
Knut sprang weiter wie ein Rumpelstilzchen umher. Ein paarmal schlug er sich mit der flachen Hand gegen die Stirn und auf den Kopf. Dann wieder trampelte er mit den Füßen auf dem Boden herum.
Es war ein seltsamer Anblick. Aber Joki presste die Lippen fest zusammen. Nach einem Grinsen sah das bestimmt nicht mehr aus. Nur ein leises Summen drang aus seiner Kehle.

„Was stehst du da rum?", brüllte Knut. „Nimm deinen Scheißrucksack und verschwinde!"

Joki spürte sein Herz klopfen – als würde ein Specht gegen einen Baum hämmern. Poch, poch, poch...

Toller Vater, dachte er. Toller Ersatzvater, der wegen ein paar Ameisen so einen Aufstand macht.

Die Eulen auf dem olivgrünen Stoff blickten ihn mit großen Augen traurig an. Hatten sie nicht gestern noch fröhlich ausgesehen?

Joki riss den Rucksack vom Sofa, presste ihn an sich und rannte schnurstracks aus dem Zimmer. An der Küche vorbei, zur Haustür hinaus, auf den Hof. Frische Luft atmen.

„Joki?", rief Sanja und lief auf ihn zu. „Joki, was ist denn los?"

Joki zuckte mit den Schultern. „Nichts."

Er hatte nicht die geringste Lust, Sanja von seinem Ärger zu erzählen.

Zum Glück kam Bella mit wedelndem Schwanz angelaufen. Ausnahmsweise bellte sie nicht. Sie trug einen schmutzigen kleinen Ball im Maul, den sie vor Sanja ablegte. Hechelnd sah die Hündin zu ihr auf. Sanja streifte Joki mit einem ratlosen Blick, dann tat sie Bella den Gefallen und kickte den Ball quer über den Hof.

„Wo willst du denn hin?", rief sie Joki nach, der, ohne innezuhalten, weitergelaufen war.

„Weg", antwortete er.

Joki drehte sich nicht um. Er hoffte nur, dass Sanja ihm nicht folgen würde.

Schwarzohr hatte längst die Orientierung verloren, und langsam verließen ihn auch die Kräfte. Dennoch lief er einfach immer weiter, schnupperte an Bäumen, Wurzeln und Gesteinsbrocken, stieß dabei auf unterschiedlichste Gerüche. Und nach einiger Zeit endlich auf einen Wolfsduft, wenn auch auf einen schwachen. Er folgte ihm, bis er erfasste, dass er den Weg schon einmal gelaufen war und er seiner eigenen Spur nachjagte.

Beinahe im selben Moment fielen große schwere Tropfen herab, und ein scharfer Wind fegte durch den Wald. Wenn ihm kalt wurde, verkroch er sich normalerweise unter seiner Mutter und wärmte sich an ihr. Jetzt musste er ganz allein klarkommen. Er knurrte den unsichtbaren Gegner an, machte sich groß und stemmte sich gegen ihn. Aber die Böen zeigten sich von den Drohgebärden eines einsamen kleinen Wolfes wenig beeindruckt. Sie wüteten weiter in den Bäumen herum und ließen die Blätter tanzen.

Plötzlich sauste ein dicker Ast herab, Schwarzohr wurde von der Spitze an der linken Vorderpfote getroffen und jaulte auf. Es klang furchtsam, traurig, kläglich, aber niemand hörte ihn. Seine Pfote schmerzte, dennoch humpelte er weiter und hielt nach einem Schutz Ausschau. Der Regen prasselte immer schneller und härter. Es nützte nicht viel, sich unter Zweige zu ducken. Das Wasser bahnte sich seinen Weg. Schon nach kurzer Zeit war Schwarzohr völlig durchnässt.

Als er auf ein Erdloch stieß, zögerte er nicht lang. Zu sehr ähnelte es der eigenen Höhle. Nur dass kein Wolf sie je betreten hatte, wie ihm seine Nase verriet. Fast rutschte er abwärts auf dem nassen Sand.

In dem Bau roch es nach dem Tier, dem Schwarzohr schon einmal begegnet war. Er lauschte einige Zeit in das Dunkel hinein und versuchte etwas zu erkennen. Doch er sah nur, dass ein paar Wurzeln in das Innere hineinragten und dass der Gang noch tiefer in die Erde führte. Sollte er sich weiter vorwagen? Die Angst vor dem Unbekannten ließ ihn zögern. Aber dann schob er sich mutig vorwärts. Er brauchte ein ruhiges Plätzchen, um sich auszuruhen von den ungewohnten Strapazen.

Als der Gang etwas breiter wurde, leckte er sich die verwundete Pfote und rollte sich zusammen. Und schon wenige Augenblicke später schlief er erschöpft ein.

Schwarzohr erwachte von einem derben Schlag auf die Nase.

Schlaftrunken kam er zu sich, und im ersten Moment schien es ihm, als sei er zusammen mit seiner Familie in der alten Höhle und die Mutter habe ihn etwas unsanft geweckt.

Verwundert schüttelte er sich, so gut es in der Enge ging, und erhielt prompt den nächsten Schlag. Zudem

hörte er ein drohendes Grollen, das in ein Fauchen umschlug, und sah ein Tier, das ihm bekannt vorkam und auch wieder nicht. Es hatte die gleiche merkwürdige schwarz-weiße Rüsselschnauze, aber es war kleiner als das im Wald. Der Wolf knurrte gereizt und fletschte die Zähne, und als die krallenbesetze Pfote ein drittes Mal auf ihn herabsauste, biss er wütend zu.
Der Angreifer stieß einen hohen, quiekenden Ton aus, drehte sich um und ergriff die Flucht.
Schwarzohr spürte den Drang, ihn zu verfolgen, doch er war immer noch nicht ganz wach und begriff nicht recht, wo er sich befand und wie er hierhergelangt war.
Also tappte er vorwärts, kletterte einen der Gänge in dem Dachsbau hinauf, bis er einen hellen Fleck sah, den Ausgang der Höhle. Der Tunnel wurde immer enger, und Schwarzohr presste sich mit dem Bauch auf die Erde, zog den Kopf ein und legte die Ohren an. Mühsam, mit ausgestreckten Läufen, robbte er weiter, kleine Sandbrocken rieselten auf ihn hinab, und gerade als der Gang hinter ihm zusammensackte, schlüpfte er hinaus ins Freie.
Energisch schüttelte er sich den Sand aus dem Fell, und auch wenn ihm die verletzte Pfote und die Nase wehtaten, fühlte er sich sehr erleichtert.
Der Regen hatte aufgehört, und auch der Wind pfiff ihm nicht mehr so stark um die Ohren. Die Sonne blinzelte zwischen den Blättern zu ihm herab. Schwarzohr folgte dem Licht, lief hinkend aus dem Schatten der Bäume

hinaus. Auf einer Wiese mit hohem Gras ließ er sich nieder, und die Sonne wärmte ihn.

Eine Weile blieb er so liegen. Bis sein Fell getrocknet war, lauschte er dem Säuseln der Halme und dem Vogelgezwitscher. Dann sagte ihm sein knurrender Magen, dass er dringend etwas zu fressen brauchte. Schwarzohr hob den Kopf und sah sich forschend um und nahm Witterung auf. Der Duft, der ihm in die Nase stieg, kam ihm bekannt vor. Ganz in seiner Nähe raschelte es im Gras. Als er braunes Fell wahrnahm, duckte er sich und spannte die Muskeln an. Dass seine Pfote verletzt war, vergaß er in diesem Augenblick.

Er brauchte Fleisch. Und er musste schnell sein.

HINTER DEM TOR

Diesmal fuhr Joki mit dem Rad durch den Wald – er wollte nur eines: so schnell wie möglich weg.
Es tat ihm leid wegen Sanja, die ihm vermutlich ratlos hinterhergeblickt hatte und jetzt vielleicht traurig war. Aber er musste einfach Abstand gewinnen von dem, was gerade passiert war, von den bösen Worten, die in ihm nachhallten. Noch nie zuvor hatte ihn jemand so angebrüllt. Wie kam dieser Mensch dazu? Sicher, Knut war der Freund seiner Mutter und der Papa seiner kleinen Schwester, und vielleicht wollte er ein Ersatzvater für ihn sein. Doch Joki gehörte ihm nicht. Er gehörte niemandem. Selbst wenn er Mist baute, gab es keinen Grund für die Herumschreierei. Schon gar nicht, wenn der Mist aus Versehen passierte.
Joki trat in die Pedale, als müsste er ein Rennen gewinnen. Und in gewissem Sinne stimmte das ja sogar. Ohne diese Kraftanstrengung würde er jetzt wohl in irgendeiner Ecke sitzen und flennen. Doch das wollte er auf keinen Fall.
Auf keinen Fall ... klein beigeben ...
Auf keinen Fall ... heulen ...
Auf keinen Fall ... sich unterkriegen lassen ...
Er musste ... vorwärtskommen ... strampeln ... auch durch den dicken Sand ... über Steine ... und Wurzeln ... Es kam ihm fast vor, als würde er reiten – im wilden Galopp.

Der Wind rauschte auf einmal und schüttelte die Bäume. Dann begann es zu regnen – zu schütten wie aus Eimern, wie seine Oma sagen würde. Aber Joki kämpfte sich weiter voran, ignorierte, dass er klatschnass wurde. Ist ja nur Wetter, dachte er. Bin ja nicht aus Zucker. Auch so ein Omaspruch.

Er war sogar fast dankbar für den kühlen Guss. Sollten sie doch sehen, was sie davon hatten. Wenn er krank wurde. Hohes Fieber oder vielleicht sogar eine Lungenentzündung bekam. Dann würde ihnen ein Licht aufgehen. Vielleicht.

Auf einmal riss die Wolkendecke auf, und die Sonne schien in die herabfallenden Tropfen hinein. Über dem Weg, auf dem er fuhr, wölbte sich plötzlich ein Regenbogen.

Joki fuhr staunend darauf zu und vergaß für diesen Moment seinen Ärger.

Von Baumwipfel zu Baumwipfel schien sich das Lichtband zu spannen. Es sah aus wie ein magisches Tor, durch das Joki radelte. Was lag dahinter?

Tief atmete er die feuchte Waldluft ein und fühlte sich viel leichter als vorhin.

Die Freiheit lag hinter dem Tor. Die Freiheit, zu tun und zu lassen, was er wollte. Die Freiheit, Joki zu sein.

Er wunderte sich selbst über seine komischen Gedanken. Aber so fühlte er sich im Augenblick: frei wie ein Vogel. Er dachte an den Bussard, der hier lebte und vielleicht gerade in der Nähe seine Kreise zog. Wie schön und ma-

jestätisch er wirkte – ein König der Lüfte. Übermütig breitete Joki seine Arme aus und stellte sich einen Moment vor, über die Baumwipfel zu gleiten. Am Wegesrand sah er einen Teich vorbeifliegen, es war, als würde Joki tatsächlich durch die Luft segeln.
Zu spät bemerkte er den Ast, der mitten auf dem Weg lag. Er hörte das Knacken – ein trockenes böses Geräusch. Und schon sauste er im hohen Bogen über den Lenker seines Fahrrads, direkt in einen Busch.
Alles ging so schnell, dass er gar nicht dazu kam, zu schreien. Mit der ausgestreckten linken Hand versuchte er noch, den Sturz abzubremsen. Zweige peitschten in sein Gesicht, Blätter nahmen ihm sekundenlang die Sicht.
Im nächsten Moment hockte er verblüfft in einem Strauch. Sein Herz schlug einen schnellen Takt. Erst als er einen Marienkäfer entdeckte, der direkt vor seiner Nase auf einem Blatt herumspazierte, beruhigte sich sein Puls allmählich.
Glück gehabt. Auch wenn er sich jetzt fühlte wie ein Vogel, der aus dem Nest gefallen war, und ihm die Hand wehtat, mit der er sich bei seiner unsanften Landung aufgestützt hatte. Genauer gesagt das Handgelenk. Doch erleichtert stellte er fest, dass er es ganz normal bewegen konnte.
Joki kämpfte sich aus dem Gebüsch heraus und begutachtete sein Fahrrad. Es hatte eine Acht im Vorderreifen, und zwei Speichen waren gebrochen. Was sollte er tun? Schieben? Einfach weiterfahren?

Pause, dachte er. Ich brauche eine Pause.

Das Rad lehnte er an einen Baum, dann lief er zu dem kleinen Tümpel zurück. Er sah trübe aus und dunkelgrün. Fast die gesamte Wasseroberfläche war mit Entengrütze bedeckt.

Joki lief einmal um den Teich herum, beugte sich dicht über die Stelle am Ufer, die nicht von den kleinen Blättchen überzogen war, und betrachtete sein Spiegelbild: hochgezogene Augenbrauen, ein schiefer Mund, als hätte er gerade in eine Zitrone gebissen. „Das kommt davon, wenn man sauer ist", murmelte er leise und zog eine Grimasse, vor der er sich fast selbst erschreckte.

Einen Moment fühlte er sich einsam und verlassen. Doch dann fiel ihm ein, dass er ja genau deswegen hier war: um seine Ruhe zu haben.

Das Alleinsein funktionierte hier gut – schon deshalb, weil er hier nicht ganz allein war. Es sirrte und flirrte, Vögel zwitscherten, Libellen sausten über die Wasseroberfläche.

Um den Teich herum wucherte dichtes Gestrüpp – wie eine Hecke in einem Märchen. Niemand konnte hindurchsehen. Und niemand, der auf der anderen Seite stand, ahnte überhaupt, dass es hier einen Teich gab. Joki fühlte sich sicher wie in einer Festung. Und er konnte in aller Ruhe Tiere beobachten.

Über sein Spiegelbild lief gerade ein Wasserläufer. Auf einem Seerosenblatt sonnte sich ein Frosch. Und ein Zitronenfalter kam über die Märchenhecke geflattert.

Joki fühlte die Wut im Bauch langsam schrumpfen. Er wusste auch nicht so recht, auf wen er eigentlich zorniger war: auf Knut oder sich selbst. Von Ameisen gebissen zu werden, wenn man gerade total müde auf dem Sofa lag und schlafen wollte, war sicher nicht besonders angenehm. Aber war das Jokis Schuld? Und ein Grund, so herumzuschreien?
Fasziniert betrachtete Joki die Wasserläufer. Den lieben langen Tag taten sie nichts anderes, als über den Teich zu laufen und manchmal ein Insekt zu erbeuten. Nie sah er einen untergehen. Er wusste, dass das an den Härchen lag, die an ihren dünnen Beinen und ihrem Körper saßen und wasserabweisend waren. Trotzdem kamen ihm ihr Dahingleiten und die komischen Luftsprünge wie ein Wunder vor.
Die Menschen konnten so vieles nicht, was Tiere konnten. Nicht fliegen und nicht übers Wasser laufen. Nicht im Dunkeln sehen wie Katzen oder Gerüche erschnüffeln wie die Hunde. Nicht so schnell rennen wie Geparden oder Antilopen. Weder so geschickt klettern wie Affen noch von Baum zu Baum springen wie Eichhörnchen. Schon gar nicht so gut hören wie Luchse oder Fledermäuse. Oder die Farbe verändern wie ein Chamäleon.
Na ja, das stimmte nicht ganz. Menschen liefen manchmal rot an, wenn sie sich ärgerten oder auch wenn ihnen etwas peinlich war. Ihm fielen Sanjas vor Aufregung gerötete Wangen ein. Doch er wollte jetzt lieber nicht an sie denken. Sonst bekam er noch ein schlechtes Gewissen.

Hoffentlich nahm sie ihm nicht übel, dass er manchmal so blöd zu ihr war.
Der Frosch sprang von seinem Blatt und schwamm unter Wasser. Als er wieder auftauchte, warf er Joki einen misstrauischen Blick zu. Oder kam es ihm nur so vor? Wie ihn die Tiere wohl wahrnahmen? Störte er sie? Oder sahen sie ihn als ebenbürtig an?
Vielleicht dachten sie, er wäre eine etwas zu groß geratene Kröte?
Der Frosch quakte. Und es erschien ihm wie eine Antwort auf seine nicht gestellten Fragen.
„Jetzt müsste ich nur noch Fröschisch verstehen", murmelte Joki und erhob sich seufzend. In der Ferne hörte er einen Hund jaulen. Es war ein langer, gedehnter Ton, der beinahe melodisch und irgendwie traurig klang. Und eigentlich schien ihm der Laut auf einmal doch gar nicht so weit weg.
Er stutzte. Und wenn es nun ... gar kein Hund war?
Joki schluckte und lauschte. Aber es war schon wieder still.

Verborgen im hohen Gras, sah Schwarzohr zu, wie die drei Wildkaninchen über die Wiese hoppelten. Der kleine Wolf lauerte auf eine günstige Gelegenheit. Noch waren sie zu weit entfernt. Wenn sie ihn zu früh bemerkten, würde seine Chance, eines der Tiere zu erbeuten, schwinden. Instinktiv wusste er das, auch wenn er noch keine Erfahrung im Jagen besaß und abgesehen von ein paar Käfern noch nichts erbeutet hatte. Nervös scharrte er mit der unverletzten Vorderpfote im Sand. Eines der Kaninchen stellte sich auf die Hinterbeine und richtete die Löffel auf. Ahnte es etwas von der Anwesenheit des Wolfes? Schwarzohr duckte sich noch tiefer in die Grasbüschel und schlich sich wie in Zeitlupe ein Stück vorwärts. Heuschrecken sprangen über ihn hinweg, Schmetterlinge umschwirrten ihn. Schwarzohr verharrte wieder regungslos. Eine ganze Weile wartete er nun ab.

Schließlich näherte sich ihm eines der Tiere. Es knabberte arglos an den Halmen und schien nicht auf seine Umgebung zu achten.

Mit einem Satz preschte Schwarzohr auf die Beute los. Doch da, wo eben noch das Kaninchen gewesen war, fühlte er nur weiches, niedergedrücktes Gras unter sich. Das Tier rannte im Zickzack davon. Schwarzohr jagte ihm sofort nach. Nur am Rande nahm er wahr, wie die anderen Kaninchen auseinanderstoben. Er konzentrierte sich ganz auf die erwählte Beute und bot alle Kraft auf, sie zu erreichen. Als er das Kaninchen schon fast mit der Schnauze berührte, schlug es einen Haken und rannte vor Angst kreischend in die entgegengesetzte Richtung. Einen Moment blickte der kleine Wolf ihm verwirrt hinterher. Noch nie hatte er ein Tier auf diese Art rennen sehen. Im nächsten Augenblick nahm er die Verfolgung wieder auf. Der Hunger trieb ihn an, er durfte nicht lockerlassen. Das Kaninchen verschwand hinter einem Strauch. Der Wolf setzte darüber hinweg, versuchte, ihm den Weg abzuschneiden. Doch mit einem Mal war das Tier wie vom Erdboden verschluckt. Auch von den anderen Langohren fehlte plötzlich jede Spur. Wie konnte das sein? Schnüffelnd umrundete er den Platz. Es roch ganz eindeutig nach der Beute, nach Fressen, nach Fleisch. Schwarzohr stieß ein Winseln aus, das zu einem Jaulen wurde. Erst als er sich etwas beruhigt hatte, entdeckte er ein Loch im Wiesenboden. Die Öffnung war zu klein für ihn, und er begann eifrig zu graben. Der dunkle Sand spritzte nach allen Seiten. Doch als er schließlich einen Blick in die Höhle werfen konnte, erkannte er, dass die enge Röhre leer war und tiefer und tiefer in die Erde führte. Seine Beute war entkommen.

Das leere Gefühl im Magen wurde ihm immer bewusster. Auch spürte er nach all dem Gerenne und Gehetze auf einmal, wie durstig er war. Hatte er vorhin nicht einen feuchten Dunst in der Nase gehabt? Er musste dringend eine Wasserstelle finden. Schwarzohr vergaß die Kaninchen schlagartig. Er hatte jetzt ein neues Ziel.
Seine verletzte Pfote schmerzte bei jedem Tritt. Doch Schwarzohr humpelte tapfer vorwärts.
Schon bald nahm er den leicht modrigen Geruch wahr, nach dem er suchte. Es konnte nicht mehr weit sein, er musste nur seiner Nase folgen. Doch dann blieb er

plötzlich stehen. Etwas warnte ihn, auch wenn er nicht gleich begriff, was es war. Nach Beute roch das Unbekannte nicht ... Wonach dann? Schwarzohr zögerte. Doch er brauchte Wasser, wenigstens ein paar Schlucke. Vorsichtig schlich er weiter auf die Wasserquelle zu. An einem Baum entdeckte er ein seltsames Ding, das im Sonnenschein matt leuchtete. Es schien kein Lebewesen zu sein. Es rannte nicht davon, als Schwarzohr sich ihm näherte. Es bewegte sich kein bisschen.
Schnuppernd kam der kleine Wolf dichter heran und bemerkte, dass ein Hauch des fremden Geruchs auch an dem Gegenstand klebte. Der kleine Wolf wollte weiterlaufen, doch dann siegte die Neugier. Er stupste das Ding an, um zu sehen, was es tat. Es rührte sich immer noch nicht. Schwarzohr stieß jetzt kräftiger mit seiner Schnauze zu. Da fiel das unbekannte Etwas einfach um. Es schepperte laut, und Schwarzohr sprang erschrocken zur Seite. Jetzt bewegte es sich auch – so, als wollte es fliehen, aber es kam nicht von der Stelle.
Schwarzohr sträubten sich die Nackenhaare, und ein leises Grollen stieg aus seiner Kehle. Doch es folgte keine Reaktion, kein Laut, keine Antwort.
Der Geruch des Tümpels war jetzt ganz nah. Der kleine Wolf wandte sich ab, um darauf zuzulaufen, da bemerkte er ein Wesen, das aufgerichtet auf zwei Beinen stand.
Vor Schreck vergaß er sogar zu knurren. Der Zweibeiner machte keine Anstalten, davonzulaufen oder

anzugreifen. Auch Schwarzohr blieb stehen. Die Begegnung war ihm nicht geheuer. Aber das Wesen verhielt sich friedlich. Vielleicht wollte es ja nur aus dem Tümpel trinken, so wie Schwarzohr. Jetzt machte es sich sogar klein. Hockte sich auf die Erde und zeigte dem jungen Wolf seine haarlosen Pfoten. Es hatte nicht einmal Krallen. Auch kein Fell. Es zeigte Zähne, die weder spitz noch scharf wirkten. Dabei stieß es Töne aus, die Schwarzohr lockten, näher zu kommen. Doch das tat er nicht. Er blieb, wo er war. Er musste vorsichtig sein. Dinge konnten sich ganz plötzlich ändern – das hatte er schon gelernt.

Also schickte er sich an, einen großen Bogen zu laufen, fort von dem Fremdling, heran an den Teich. Endlich konnte er die Schnauze in das Wasser stecken und ausgiebig trinken.

Als er den Kopf nach einer Weile hob, sah er das zweibeinige Geschöpf am anderen Ufer stehen. Es starrte ihn unverwandt an. Und es verzog den Mund.

Schwarzohr wusste nicht, dass das ein Lächeln war.

EINE VERHÄNGNISVOLLE ENTSCHEIDUNG

Joki glaubte seinen Augen nicht zu trauen. Vielleicht hatte der Sturz vom Fahrrad doch ungeahnte Folgen? Er blinzelte einmal, zweimal, dreimal. Doch es bestand kein Zweifel: ein Wolfswelpe! Was machte der hier so allein? Warum war er nicht bei seiner Familie? Der Kleine musste von dem Rudel stammen, dem Joki begegnet war! Vielleicht schlichen die anderen im Schutz des Waldes herum und beobachteten ihn? Aufmerksam betrachtete er die Umgebung, spähte in das Gehölz hinein, achtete auf Bewegungen zwischen den Farnblättern. Doch er konnte keinen weiteren Wolf entdecken.
Gleich als Joki das Klirren gehört hatte, war er aufgesprungen, um nachzusehen. Das fehlte noch, dass ihm jemand das Fahrrad klaut! Hätte er es doch bloß angeschlossen! Aber es lag nur mitten auf dem Weg, der Reifen mit der Acht trudelte komisch. Und erst im Näherkommen hatte er den Wolf entdeckt, der gerade an der Klingel schnüffelte, als wäre es eine Blume.
Joki ging keinen Schritt weiter und rührte sich nicht. Er wollte den Wolf nicht vertreiben.
Als das Tier Richtung Teich lief, bemerkte Joki, dass es hinkte. Auf einmal hob es den Kopf und erblickte ihn und blieb überrascht stehen.
„Was machst du denn hier?", fragte Joki leise. „Solltest du nicht bei deinem Rudel sein?"

Die dreieckigen Ohren des Welpen bewegten sich; eines davon war schwarz wie die Nacht. Er schien zu lauschen, so als versuchte er, die Worte zu verstehen.
„Wir sind uns schon einmal begegnet. Weißt du noch? Aber da warst du nicht ganz allein."
Fast kam es Joki so vor, als würde der kleine Wolf die Stirn runzeln, als wollte er abschätzen, mit wem er es zu tun hatte. Dann lief er doch weiter – zögernd, misstrauisch, in einer großen Runde um Joki herum, zum Teich. Es plätscherte kaum hörbar, als der Welpe hastig von dem Wasser soff. Schließlich hob er den Blick und musterte den Jungen, der immer noch still dastand.
Das glaubt mir keiner, dachte Joki. Nicht einmal Sanja. Unwillkürlich grinste er. Der Tag erschien ihm nun gar nicht mehr so übel. Doch was war, wenn das Junge nicht zu seinem Rudel zurückfand?
Der Welpe wirkte unbeholfen, schwach und – soweit Joki das beurteilen konnte – recht mager. Sicher machte ihm die Verletzung zu schaffen. Konnte er ohne das Rudel überhaupt überleben?
Plötzlich preschte der kleine Wolf in den Tümpel hinein und schwamm in einem erstaunlichen Tempo drauflos.
„Was machst du denn da?", flüsterte Joki fasziniert. Erst dann sah er ein Blässhuhn, das gerade mit dem Kopf aus dem Wasser auftauchte.
Der Wolf war schnell, doch der schwarze Vogel mit dem weißen Fleck über dem Schnabel war schneller. Und … das Blässhuhn konnte fliegen.

Mit ein paar Flügelschlägen und empörtem Gekrächze floh es.

Der Welpe drehte eine Runde, als suchte er nach der nächsten möglichen Beute, doch dann paddelte er ans Ufer zurück.

Er schüttelte sich. Mit nassem Fell sah der kleine Wolf noch magerer aus.

Erschöpft humpelte er ein paar Schritte und versank schließlich im Gras. Nur die dreieckigen Ohren ragten noch aus den Halmen.

„Du hast Hunger, stimmt's?", murmelte Joki.

Er wird sterben, wenn ich ihm nicht helfe, dachte er auf einmal ganz klar.

Langsam, auf Zehenspitzen näherte er sich der Stelle, an der sich der Wolf niedergelassen hatte.

Im respektvollen Abstand hockte Joki sich auf die Erde und begann ein Kinderlied zu summen, das seine Mutter manchmal Fienchen vorsang.

Der Welpe schien zu dösen. Er blinzelte einmal kurz in Jokis Richtung, doch er erhob sich nicht und lief nicht davon.

Joki streckte sich ebenfalls auf der Wiese aus und lauschte dem Zirpen der Grillen. Einmal hörte er den Wolf winseln. Es klang, als würde er schlecht träumen. Oder tat ihm die Pfote weh?

Als er beinahe schon am Einschlafen war, ließ ihn ein Geräusch aufhorchen. Der kleine Wolf tapste auf leisen Pfoten heran. Er schien hier und da zu schnuppern, als

würde er nach etwas suchen. Joki nahm ein Kratzen wahr und bemerkte, dass der Welpe sich an seinem Rucksack zu schaffen machte, der achtlos hingeworfen neben einem Strauch mit kleinen roten Beeren lag.
Joki rührte sich nicht. Hinter halb gesenkten Lidern beobachtete er den Wolf.
Mit seinen Krallen hielt er den Rucksack wie eine Beute gepackt und vergrub die Schnauze darin.
Offenbar hatte Joki vergessen, ihn zu verschließen.
„Ich weiß zwar nicht, was du suchst, aber bedien dich ruhig."
Das Tier beachtete ihn nicht weiter. Es schien zu beschäftigt. Der Kompass, das Messer und anderer Kleinkram lagen bald auf der Wiese verstreut. Der Welpe schnupperte kurz an den Dingen herum und arbeitete sich dann weiter vor. Im nächsten Moment klemmte ein Apfel in seinem Kiefer. Der kleine Wolf warf Joki einen fast schuldbewussten Blick zu, dann rannte er mit seiner Beute zurück ins hohe Gras, und gleich darauf fing er an zu schmatzen. Joki lächelte vor sich hin. In der Not frisst der Teufel Fliegen, sagte seine Großmutter manchmal. Dass der Apfelräuber kurz darauf wiederkam, wunderte Joki nicht. Von dem bisschen Obst war er wohl kaum satt geworden. Dass das Tier jetzt versuchte, gleich den ganzen Rucksack mit sich zu zerren, ging Joki dann doch zu weit. Auf allen vieren kroch er hinterher und zog an dem Riemen, der vom Wolfsspeichel ganz klebrig war.
„Komm schon, lass los", sagte Joki freundlich.

Der Wolf dachte nicht daran.
„Der ist von meiner Oma!"
Aus der Kehle des Raubtiers kam ein grollender Ton. Es schien sich in den robusten Stoff verbissen zu haben. Das Knurren klang wie eine Drohung.
Joki lachte bloß. Er hatte keine Angst – dieses komische Kräftemessen machte ihm fast Spaß. Und dann kam ihm plötzlich die Idee.
Wenn er schnell war ...
Wenn es ihm gelang ...
Wenn der Wolf nicht doch noch losließ und türmte ...
Während er mit der einen Hand den Rucksack festhielt, bewegte sich die andere wie von selbst auf den kleinen Räuber zu. Der Wolf achtete nicht darauf. Er kämpfte um den Beutel. Offenbar hielt er ihn für eine Nahrungsquelle. Mit einem Griff packte Joki das Tier und zog es mit einem kräftigen Ruck auf seinen Schoß. Das Wölflein war pitschnass und zitterte und winselte. Es hörte sich eher fragend an als ängstlich.
„Keine Panik", murmelte Joki . „Ich will dir ja helfen."
Vorsichtig versuchte er das Wolfskind in den Rucksack hineinzubugsieren. Anfangs verhielt es sich still, fast so, als stellte es sich tot. Gerade als es Joki fast gelungen war, das Tier in den Rucksack zu manövrieren, begann der Kleine sich zu wehren und heftig zu strampeln. Joki spürte die scharfen Krallen auf seinem Handrücken. Außerdem traf ihn ein warmer Strahl, der an seiner offenen Jacke vorbei durchs T-Shirt sickerte.

„Na prima." Joki lachte. „Hast du jetzt dein Revier markiert?" Er umklammerte den jungen Wolf mit einem Arm und zog ihm den Beutel über Schwanz und Hinterbeine. Dann schnallte er sich den Rucksack vor den Bauch und fühlte sich ein bisschen wie ein Känguru. „Halt doch mal still." Joki streichelte den Wolf beruhigend. Er fühlte sich warm und knochig an. Erst duckte sich das Tier noch unter der Berührung und zeigte seine Zähne, doch nach einer Weile ergab er sich in sein Schicksal.

Hastig sammelte Joki seine Habseligkeiten ein und stopfte sie in die Jackentaschen.

„Wir fahren jetzt zu mir nach Hause. Da gibt es Futter und Verbandszeug."

Joki warf einen Blick auf die verletzte Pfote. Sie sah schmutzig aus und entzündet. Bis zum Knöchel war sie blutverschmiert. Zum Glück hatte er sich in der Schulprojektwoche vor den Sommerferien für einen Erste-Hilfe-Kurs entschieden, statt sich mit dem Klimawandel oder veganer Ernährung zu beschäftigen, und wusste, wie man eine Wunde reinigte und verband. Trotzdem fuhr ihm bei dem Anblick ein Schauer über den Rücken.

„Du Armer. Das muss doch wehtun", flüsterte er und achtete darauf, dass er das verwundete Bein nicht berührte. Einen Moment hielt der Eingefangene still und betrachtete, während Joki zum Fahrrad lief, die Umgebung. Er drehte seinen Kopf neugierig hin und her und schaute dann mit großen Augen auf Joki. Vielleicht versuchte er sich zu erklären, was hier gerade passierte.

Und Joki fragte sich das irgendwie auch. Geplant hatte er seine Aktion nicht. Doch sie erschien ihm richtig. Wenn man jemandem helfen wollte, musste man das auch tun. Sogar wenn dieser Jemand ein Wolf und somit ein Raubtier war.

Mit dem Wölflein im Gepäck in die Pedale eines kaputten Fahrrades zu treten und die Balance zu halten erwies sich als verzwicktes Kunststück. Vor allem dann, wenn der unfreiwillige Passagier zu entkommen versuchte. Doch Joki hatte in der Grundschule in der Zirkus-AG Einradfahren gelernt. Auch wenn das schon lange her war – sein Gleichgewichtssinn funktionierte immer noch prima. Mit einem Arm den Rucksack zu halten und mit der anderen Hand zu lenken gelang ihm ganz gut. Aber das Umfahren von Wurzeln und spitzen Steinen erforderte Nerven und Geduld. Joki strengte sich an und konzentrierte sich auf das Bündel auf seinem Bauch ebenso wie auf den Weg. Der Welpe verströmte einen eigenartigen Geruch. An der unverletzten Vorderpfote schien etwas Wolfskacke zu kleben; in seinem Fell hingen morastige Klümpchen, und seine Schnauze war mit angetrockneter Entengrütze bedeckt. Wahrscheinlich sah auch Joki aus wie ein Dreckspatz und stank ein bisschen, wonach auch immer. Und wenn schon. Er besaß jetzt Verantwortung für ein anderes Lebewesen.

„Das schaffen wir", murmelte er. „Wirst schon sehen, wir beide schaffen das." Joki wusste nicht, ob er dem Wolf oder sich selbst Mut zusprechen wollte.

Schon nach kurzer Zeit brach ihm der Schweiß aus. Ihm war warm, aber die Aufregung setzte ihm noch mehr zu. Wenn sie nun jemand sah? Zum Beispiel der Förster oder ein Jäger?

Doch der Weg lag verlassen vor ihm. Kein Mensch zu sehen. Kein Mensch und kein Tier.

Der Wald lag still und starr, als würde er den Atem anhalten und Joki beobachten. Nicht einmal die Blätter bewegten sich. Die Bäume warfen schwarze Schatten auf den gelben Sand – wie eine Warnung vor kommendem Unheil.

Der Wolfsvater hob den Kopf und stieß ein Heulen aus. Das Rudel war die ganze Nacht umhergestrichen, und es dämmerte bereits. Erst fiel die Wölfin in das Geheul mit ein, dann verstummte sie und schnupperte immer wieder an der Spur ihres kleinsten Sohnes herum. Schwarzohr war hier gewesen. Ein Tümpel lag vor ihren Pfoten, aus dem auch der Welpe getrunken haben musste. Doch was hatte die zweite Spur zu bedeuten? Ein Zweibeiner. Aber ein Kampf hatte nicht stattgefunden. Es fand sich kein Tropfen Blut, kein Fetzen Fell. Während die Jungtiere am Ufer des Teiches nach Fröschen jagten, schickten Wolf und Wölfin mal abwechselnd, mal gemeinsam ihre Rufe in den aufziehenden Morgennebel.

Schwarzohr antwortete nicht auf das Geheul.
Ohne langes Zögern folgte der Wolf nun dem Geruch des Geschöpfes, der sich mit dem des Welpen mischte. Beinahe geräuschlos lief er den sandigen Weg am Waldrand entlang. Immer wieder nahm der Rüde Witterung auf. Doch Schwarzohr hatte keinen Busch, keinen Baum, keinen einzigen Grashalm mit einem Urinspritzer markiert. Nirgendwo fand sich Kot von ihm. Und dennoch lag sein Geruch – wenn auch schwach – in der Luft. Normalerweise mied der alte Wolf die Nähe der Zweibeiner. Sein Instinkt warnte ihn vor diesem Wagnis. Doch diesmal ließ es sich nicht vermeiden. Sie mussten es riskieren, in das Revier der fremden Geschöpfe einzudringen. Irritiert schnupperte er unterwegs an der seltsamen Spur. Wie eine Schlange zog sie sich durch den Sand.
Nach einer Weile trabte der Wolf zu seinem Rudel am Teich zurück, beobachtete die Jungtiere, wie sie herumtobten und einander spielerisch bissen. Auch die Wölfin untersuchte die Umgebung, schnupperte an jedem Stein, jedem Ast, jeder Wurzel. Auf einmal stieß sie einen kurzen kläffenden Laut aus, der Rüde lief zu ihr und sah, worauf sie gestoßen war: ein paar Wolfshaare, die an einem kleinen abgebrochenen Zweig hingen. Haare seines Sohnes!

Leichtfüßig und vorsichtig näherten sie sich der verbotenen Zone. Noch verbarg sie der Nebel.

Die Spur, der sie folgten, endete an einem Baum. Dort stand das unbekannte Ding, das ganz schwach nach Schwarzohr roch. Ein paar Tropfen seines Urins mussten auf das merkwürdige Gebilde gefallen sein. Ein paarmal umkreisten die Wölfe ihr Fundstück und schnupperten daran. Instinktiv verzichteten sie darauf, mit Geheul nach Schwarzohr zu rufen. Es fehlte an Schlupfwinkeln und Verstecken. Kein Dickicht schützte sie.
Überall roch es hier nach den Zweibeinern, doch keines der Geschöpfe zeigte sich. Und noch ein anderer Geruch stieg ihnen in die Nasen: Beute. Fleisch. Hinter der Nebelwand lag die Weide, von der unverkennbar ein Muhen kam. Die Jungwölfe wurden unruhig, ein Winseln stieg aus ihren Kehlen.
Schließlich stieß der alte Wolf auf Fußabdrücke, die zu dem riesigen Bau der Zweibeiner führten. Allerdings entdeckte er keine Öffnung, kein Loch, durch das sie hineingelangen könnten.
Seine Nackenhaare sträubten sich, je näher er der Behausung kam. Er witterte Schwarzohrs Duft, doch er konnte nichts tun.
Allmählich lichtete sich der Nebel. Die Jungen streiften umher und hatten längst die Beute entdeckt, fette Tiere mit großen Köpfen und geflecktem Fell, die auf der Wiese nur wenige Schritte entfernt am Gras zupften. Viel Fleisch für hungrige Mägen.
Von ein paar Fröschen und Mäusen waren die jungen Wölfe nicht satt geworden. Seit Tagen hatten sie kein

Reh gerissen. Der Rüde hörte ihr unruhiges Knurren und sah den hungrigen Glanz in ihren Augen.

Er nahm wahr, in welche Richtung es sie drängte – auch wenn er sie mit grollenden Tönen und warnendem Schnappen noch in Schach hielt. Die Beute lief nicht weg, ja, sie bewegte sich kaum.

Die Wölfe mussten fressen, um zu überleben. Die Jungen ließen sich nicht länger aufhalten. Dort wartete Fleisch, das nicht sofort wegrannte, nicht sprang wie ein Frosch, nicht davonflog wie ein Vogel, sich nicht einmal eingrub wie ein Maulwurf.

Noch einmal warf der Wolf einen Blick zurück: Die Menschenhöhle war verschlossen, und Schwarzohr blieb verschwunden.

Schließlich gab der Wolf dem Drängen der Meute nach und setzte sich an die Spitze des Rudels. Auf leisen Pfoten schlichen sie sich näher an die Herde heran. Mit einem Blick erfasste er, dass eines der Tiere sich etwas abseits aufhielt. Auch sah es kleiner und schwach genug aus für einen erfolgversprechenden Angriff.

Die Kühe waren unruhig geworden. Sie drängten sich zusammen, schnaubten, warfen Sand auf, stießen dunkle angstvolle Töne aus.

Nur das Kalb stand am Rand der Wiese, weit weg von den anderen – arglos und auf dünnen Beinen.

Ohne Probleme schlüpften die Wölfe unter der Absperrung hindurch und umkreisten ihr Opfer. Der alte Wolf zögerte nun nicht länger. Mit einem gezielten Sprung erreichte er die Beute, riss sie mit aller Kraft zu Boden und tötete sie mit einem einzigen Biss in die Kehle. Das Kalb kam nicht einmal dazu, einen Laut von sich zu geben.

Die Jungen stürzten sich sofort auf das tote Tier und begannen ihre Mahlzeit.

Nur die Wölfin nahm wahr, wie sich eine einzelne wütende Kuh näherte. Sie stellte sich ihr in den Weg, fixierte sie mit ihrem Blick und fletschte die Zähne. Als die Kuh versuchte, der Wölfin einen Tritt zu versetzen, stolperte sie und knickte mit den Vorderbeinen ein. Im Nu sprang ihr die Wölfin an die Kehle. Doch sie verfehlte ihr Ziel, rutschte auf den Boden und biss einmal heftig in den Knöchel ihrer Gegnerin. Die gefleckte Mutterkuh schüttelte das Raubtier ab, trat ein zweites Mal zu und ergriff die Flucht.

Plötzlich erklang Hundegebell. Doch die Wölfe ließen sich nicht vom Fressen abbringen. Der Hunger und die Gier nach Fleisch waren stärker als die Angst.

In Windeseile fraßen sie sich satt.

Mit einiger Mühe schleppte sich die Wölfin zu ihnen und nahm einen Happen. Der Huf hatte sie in die Rippen getroffen. Sie ignorierte den Schmerz und kaute und schluckte beinahe zufrieden. Wenn sie auch für Schwarzohr nichts tun konnte, so hatte sie wenigstens ihr Rudel beschützt.

Plötzlich hob der Rüde mit einem Ruck den Kopf. In der Behausung der Zweibeiner ging das Licht an.

Höchste Zeit für das Rudel, von hier zu verschwinden!
Das Bellen wurde lauter.
Mit einem kurzen warnenden Kläffen gab der alte Wolf das Zeichen zum Aufbruch. Er spannte die Muskeln an, nahm Anlauf und setzte mit einem kräftigen Sprung über den niedrigen Zaun hinweg. Das Rudel folgte ihm beinahe sofort. Nur die Wölfin blieb ein Stück hinter ihnen und kam langsamer voran.
Der Wolf wandte sich nach ihr um und trieb sie mit einem Knurren an. Doch irgendein Grund hinderte sie daran, Schritt zu halten. Gerade als er zu ihr zurücklaufen wollte, ertönte ein ohrenbetäubender Knall. Etwas zischte dicht über seinen Kopf hinweg. Erschrocken jaulte er auf, und die Wölfe hetzten jetzt wie wild über das Feld auf den Wald zu.
Da knallte es ein zweites Mal, laut wie Donner.

„DIE WÖLFE SIND DA!"

Joki fuhr erschrocken aus dem Schlaf. Was war das?
Einen Moment glaubte er, geträumt zu haben.
Benommen richtete er sich auf. Es roch komisch in seinem Bett und neben ihm schnaufte jemand.
Vielleicht träumte Joki ja immer noch? Oder war tatsächlich ein Wolf in seinem Zimmer?
Er konnte kaum glauben, dass er das tatsächlich getan hatte ... dass er ein Raubtier bei sich schlafen ließ, als wäre das ganz normal. War er denn verrückt?
Der Welpe hockte wie erstarrt auf Jokis Bett und sah fast aus wie ein übergroßes Plüschtier, nur dass die Ohren sich bewegten.
„Hast du das auch gehört?" Er blickte das Tier fragend an, als erwartete er tatsächlich eine Antwort.
Der Wolf hechelte, mit herausgestreckter Zunge. Sonst war nichts zu hören.
Der Verband, den Joki ihm am Abend angelegt hatte, leuchtete schwach im Dunkeln. Joki kontrollierte mit einem Blick, ob er noch richtig saß.
Da zerriss ein zweiter Schuss die Stille.
Der kleine Wolf duckte sich plötzlich, klemmte die Rute ein und riss die Schnauze vor Schreck weit auf. Zum ersten Mal sah Joki das gesamte Raubtiergebiss, sogar das Zahnfleisch ... Doch er hatte keine Zeit, das ängstliche Wesen zu beruhigen.

Was war da draußen los?

Hastig sprang er aus dem Bett – beinahe wäre er in das Hundefutter getreten, das er aus dem Vorratsschrank genommen hatte und das eigentlich für Bella gedacht war. Bei seiner Rückkehr hatte die Hündin ihn angeknurrt und sich erst mit einem extragroßen frischen Stück Fleisch beruhigen lassen. Das Hundefutter lag nun überall verstreut in seinem Zimmer herum, und Joki stakste darüber hinweg, rannte zum Fenster und riss es auf. Doch es war nichts Auffälliges zu sehen. Jedenfalls von seinem Zimmer aus nicht. Nebelfetzen schwebten über dem Feld. Was, zum Teufel, passierte da?

Auf wen oder was wurde geschossen?

Das Einzige, das er jetzt deutlich vernahm, war Hundegebell. Bella! Die Hündin hörte sich ganz anders an als sonst. Die Laute, die sie ausstieß, klangen schrill, fast wie Schreie.

„Du bleibst hier! Ich komme gleich wieder! Und mach keinen Blödsinn, ja?"

Der Wolf legte den Kopf schräg und schaute ihn verwundert an.

Joki jagte aus dem Zimmer und schloss die Tür ab. Hastig stellte er noch einen Napf mit Leckerlis für Bella auf den Boden. Ihm fehlte die Zeit, sich eine bessere Lösung auszudenken.

Auf der Treppe kam ihm seine Mutter entgegen – kreidebleich und im Nachthemd. Sie sah aus wie ein Gespenst.

„Wölfe!", rief sie. „Die Wölfe sind da!"

Joki stockte der Atem.

„Sie haben ein Kalb gerissen!", schrie seine Mutter.

Joki wollte etwas sagen, etwas fragen, aber er brachte keinen Ton heraus.

„Es war eine ganze Horde", erklärte seine Mutter und zupfte hektisch an ihrem Nachthemd herum.

„Ein Rudel", murmelte Joki.

„Was?"

„Es heißt Rudel." Seine Zunge fühlte sich eigenartig schwer an. War es seine Schuld, dass die Wölfe hier aufgetaucht waren? „Ich muss nachsehen ... nach ihnen sehen ..."

Seine Mutter starrte ihn an, als hätte er den Verstand verloren. „Du musst was? Du gehst da nicht raus!", bestimmte sie. „Du verlässt das Haus nicht und gehst keinesfalls in den Wald!" Ihre Stimme kreischte, sie überschlug sich beinahe.

Joki sagte nichts dazu. Sie hatte ihn nicht gefragt, also musste er nicht antworten. Einen Augenblick lang wollte er sie in den Arm nehmen und drücken, damit sie sich beruhigte. Vorsichtig streckte Joki die Hand nach ihr aus. Doch sie bemerkte es nicht.

„Oh Gott ... Fienchen! Sie ist bestimmt aufgewacht bei dem Lärm."

Seine Mutter stürmte die Stufen hinunter, und Joki folgte ihr. Gemeinsam standen sie im Flur und lauschten. Es war nichts zu hören.

„Ist den Wölfen was passiert?", fragte Joki schnell.

„Den Wölfen? Keine Ahnung. Wieso fragst du das? Sei mal froh, dass sie nicht deine Schwester gefressen haben!"
„Er hat auf sie geschossen", flüsterte Joki, mehr zu sich selbst.
„Knut hat sie vertrieben", sagte sie stolz. „Diese ... diese Bestien!"
Joki dachte an den Welpen in seinem Zimmer. Er hoffte nur, dass sein Gast jetzt nicht anfing zu heulen.
Einen Moment lang stellte er sich vor, wie es wäre, wenn seine Mutter den Wolf in seinem Bett entdeckte.
Wie bei Rotkäppchen. Ein panisches Grinsen huschte über sein Gesicht.
Doch sie sah ihn gar nicht an.
Ohne sich weiter um ihn zu kümmern, verschwand sie im Zimmer seiner Schwester. Er hörte noch ein leises Bläken.
Joki schlich die Treppe hinab zur Haustür. Erst als er über den Hof lief, merkte er, dass er barfuß war. Egal. Er rannte. Keuchte. Musste ... unbedingt ... wissen ... was ... passiert ... war.
Die Kühe standen dicht zusammengedrängt auf der Weide. Bella sprang um sie herum und kläffte wie verrückt.
Knut hockte bei einem toten Tier. Das Gewehr baumelte über seiner Schulter.
Joki ging zögernd auf ihn zu. In der Dunkelheit konnte er nicht gleich erkennen, was dort auf der Erde lag. Hatte Knut etwa einen der Wölfe erschossen?

Nein, es war das Kälbchen, oder besser gesagt: die Überreste von ihm. Joki schluckte und hielt Ausschau nach dem Rudel. Das Feld lag verlassen vor ihm, unter einer dünnen Schicht Nebel. Es sah aus, als würde die Erde frieren.

Joki spürte die Kälte nicht. Er sah nur das Blut. Ein paar Schritte entfernt, aber deutlich zu erkennen: ein roter Fleck auf taufrischem Gras.

Knut warf ihm einen kurzen Blick zu. „Ich glaub, ich hab einen erwischt", sagte er rau.

Die Worte kamen Joki hart und kantig vor wie Ziegelsteine. „Einen erwischt?"

„Ja, einen Ausgewachsenen, eins von den Biestern. Die kommen nicht wieder, da kannst du Gift drauf nehmen. Nie wieder!"

In der Ferne glaubte Joki ein Jaulen zu hören, ein trauriges abgehacktes Heulen. Doch es klang schon weit weg – unerreichbar für einen kleinen hinkenden Welpen.

„Scheiße", sagte er.

Knut nickte. „Das kannst du laut sagen. Schau dir diese Sauerei an." Er deutete auf das tote Kalb. Viel mehr als der Kopf und die Beine waren nicht übrig.

Ein metallisch-süßlicher Geruch stieg Joki in die Nase. Er wollte nicht hinsehen, aber automatisch blickte er auf den Kadaver hinab. Die Rippen sahen abgenagt und rosig aus. Die Augen wirkten glasig und leer. „Verdammt", murmelte er.

„So schlimm ist es nun auch wieder nicht", meinte Knut.

„Ich lass mir das Kalb ersetzen. Bei Wolfsangriff gibt es eine Entschädigung." Er lachte auf, aber es hörte sich eher nach einem Husten an.
Joki schluckte ein paarmal mühsam. „Warum hast du auf die Wölfe geschossen?", fragte er schließlich heiser. „Es ist doch ... verboten."
Knut zuckte mit den Achseln. „Notwehr. Reine Notwehr. Soll ich vielleicht zusehen, wie sie die ganze Herde reißen?"
Joki spürte die Kälte nun doch. Sie stieg durch seine nackten Fußsohlen die Waden hinauf. Kurz schwankte er.
„Du zitterst ja, Junge", sagte Knut. Es klang mitfühlend. „Kein schöner Anblick, was? Ist wohl alles ein bisschen viel für dich." Er musterte ihn besorgt.
Joki nickte zögernd. „Tut mir leid", murmelte er. „Tut mir leid mit dem Kälbchen."
„Schon gut, Junge. Du solltest gar nicht hier sein und dir das ansehen müssen. Geh mal lieber wieder ins Bett."
„Hm. Macht euch ... Macht euch keine Sorgen, wenn ..." Joki biss sich auf die Zunge. Beinahe hätte er sich verraten.
Ihm wurde plötzlich klar, was zu tun war. Es gab gar keinen anderen Weg.

Nach den Schüssen flohen die Wölfe Hals über Kopf. Noch nie waren sie so gerannt.

Der Bodennebel gewährte ihnen Deckung. Sie tauchten in den Dunst, zwischen die hohen grünen Pflanzen, an denen Maiskolben hingen. So schnell wie möglich wollten sie das Menschengeschrei und das Hundegebell hinter sich lassen.

Die Wölfin lief als Letzte, halb betäubt vom Schmerz. Sie winselte nicht, hielt sich beinahe verkrampft aufrecht. Sie durfte sich nicht einfach fallen lassen, sie durfte das Rudel nicht aufhalten.

Die Jungwölfe fielen schon bald in einen langsameren Trab. Es gab Mäuse auf dem Feld, die sie jagen wollten. Doch ihr Vater gestattete es nicht. Er trieb sie mit leichten Bissen und grollenden Tönen voran. Sein gesträubtes Nackenfell verriet: Die Gefahr war noch nicht vorüber.

Das unentwegt schnelle Tempo gefiel den Jungtieren nicht. Aber sie fügten sich, und nach der Mahlzeit spürten sie neue Kraft in ihren Gliedern.

Nur die Wölfin blieb immer wieder ein Stück zurück. Ab und zu sah sie sich um, als könnte Schwarzohr noch angelaufen kommen. Sie starrte in den Nebel, der sich rot verfärbte. Warme Tropfen rannen ihr über die Augen, über ihr Gesicht und die Lefzen und fielen auf die

Erde. Sie leckte sich die Flüssigkeit von der Schnauze. Ihr wurde schwindlig, als sie ihr eigenes Blut schmeckte. Endlich erreichten sie den Waldrand und verließen das Revier der Zweibeiner.

Zwischen den Bäumen taumelte die Wölfin und stolperte fast über ihre Pfoten. Doch der Schmerz trieb sie weiter.

Immer wieder drängten sich die Jungwölfe an sie, nach Schutz suchend, um Zuwendung bettelnd. Der Geruch des Blutes beunruhigte sie. Die Schüsse hallten in ihnen nach. Instinktiv begriffen sie, dass etwas Schreckliches geschehen war.

Etwas war anders. Und das machte ihnen Angst.

EIN RAUBTIER IM BETT

Joki blinzelte verblüfft. Es regnete Federn, als er sein Zimmer betrat. Weiße Daunenfedern, die in der Luft tänzelten.

Der Wolf hielt ein Kissen zwischen den Zähnen und schüttelte es noch eine Weile hin und her, ehe er es fallen ließ.

Auch sonst hatte er ganze Arbeit geleistet. Nicht nur das Bettzeug war zerfetzt, auch die Gardine hing lediglich noch an einem Ende von der Stange, Schulbücher lagen zerfleddert herum und die neue Tapete zeigte tiefe Rissspuren.

Sprachlos betrachtete Joki die Misere. Er war doch nur ein paar Minuten weg gewesen!

„Na klasse", murmelte er schließlich. Einen Moment dachte er daran, den Wolf einfach laufen zu lassen. Er war ein Raubtier und er würde ein Raubtier bleiben. Ein Wesen wie er gehörte nicht in eine menschliche Behausung. Gehörte nicht zu ihm.

„Wenn das meine Mutter sieht!"

Seufzend warf sich Joki aufs Bett.

„Aber ich schätze, du kannst nichts dafür, oder?" Nachdenklich betrachtete er seinen Gast.

Vielleicht hatte der Welpe ja die Nähe seines Rudels gespürt? Und wollte nichts weiter als zu seiner Familie? War das alles nicht Jokis Schuld? Dass die Wölfe hier

auftauchten, gerade jetzt, konnte doch kein Zufall sein. Und eines der Tiere war nun verletzt ... angeschossen ... und würde vielleicht sogar sterben! Joki stöhnte leise.
Zu seiner Überraschung kam der Welpe zu ihm und leckte ihm im Gesicht herum.
„Igitt, lass das!"
Joki schob das Tier ein Stück beiseite. Aber so leicht ließ es sich nicht abwimmeln. Mit einem übermütigen Sprung landete es wieder neben Joki und schleckte ihm die Stirn, die Nase und den Mund ab.
„He, ich bin doch kein Lutscher!" Joki lachte, wischte sich das Gesicht mit dem zerfetzten Laken trocken und sprang aus dem Bett. Es war ohnehin Zeit. Zeit, seine Sachen zu packen. Zeit, von hier zu verschwinden.
Schnell kritzelte er ein paar Worte für seine Mutter auf einen Zettel:
Mach dir keine Sorgen. Ich muss nur was total Wichtiges erledigen. Dann komme ich zurück.
Bis bald. Liebe Grüße und Küsse – dein Joki.

„**U**nd das ist nicht mal gelogen", murmelte er.
Natürlich würde sie sich trotzdem Sorgen machen. Aber darauf konnte er jetzt keine Rücksicht nehmen.
Hastig stopfte er auch etwas von Bellas Hundefutter in den Rucksack: kleine Aluschalen mit komischen Pudelfotos und sogar eine Tüte mit Trockennahrung extra für Welpen, die er in einer spinnwebenverhangenen Ecke im Schuppen gefunden hatte.

„So, und jetzt ..." Er drehte sich zu dem kleinen Wolf um – darauf gefasst, dass der sich wehren würde, wenn er nach ihm griff. Doch das Tier lag, mit weißen Federn bedeckt und um die Reste des Kissens gekuschelt, auf dem Bett und schlief.

„Oje, und nun?", flüsterte Joki ratlos. Ein paarmal hatte er gesehen, wie seine Mutter das Baby, das auf ihrem Schoß eingeschlafen war, ganz sacht hinübergetragen hatte ins Kinderzimmer, um die Kleine dort in die Wiege zu legen. Fienchen war allerdings dabei meist aufgewacht und hatte ein Mordstheater veranstaltet.

Aber versuchen konnte er es ja mal.

Im Zeitlupentempo schob er seine Arme unter den schlafenden Welpen. Behutsam hob er ihn hoch, atmete tief durch und versuchte, ihn in den Rucksack zu hieven. Das Tier kam ihm noch schwerer vor als im Wachzustand. Er brauchte mehrere Anläufe, um ihn in die Öffnung zu bugsieren. Als er es endlich geschafft hatte, merkte er, dass der Wolf ihn mit großen Augen ansah. Wenigstens plärrte er nicht gleich los wie seine Schwester. Joki erinnerte sich, was seine Mutter mit Fienchen tat, wenn sie wieder aufwachte.

Er schlang die Arme um den Rucksack und wiegte den Wolf sacht hin und her. Dazu summte er ein Schlaflied, das seine Mutter auch ihm schon vorgesungen hatte, als er kleiner war. Er dachte ein bisschen über den Text nach, der zu seinem Raubtier nicht so recht passte, und schließlich sang er leise:

*Der Mond ist aufgegangen
und alle Wölfe sangen
zum Himmel hell und klar.
Der Wald steht schwarz und schweiget
und aus den Wiesen steiget
das Wolfsgeheul so wunderbar.*

Der Welpe blinzelte schlaftrunken. Und schließlich fielen ihm tatsächlich die Augen zu.
Joki summte die nächste Melodie, während er den Rucksack vorsichtig auf den Rücken hob. Wispernd fing er wieder an zu singen:

„*Schlaf, Wölfchen, schlaf,
dein Vater frisst ein Schaf.
Die Mutter frisst ein Rehelein,
da fällt herab ein Träumelein.
Schlaf, Wölfchen, schlaf.*"

Beinahe war Joki stolz auf sich: Schlaflieder für einen Wolf hatte sicher noch niemand gedichtet.

Joki lauschte an der Tür, bevor er sie ganz langsam öffnete.
Ein dunkles Augenpaar glotzte ihn an. Ein warnendes Knurren ließ ihn erstarren. Erst dann erkannte er Bella.
„Mein Gott, hast du mich erschreckt", sagte Joki und lachte leise.

Die Hündin legte die Ohren zurück und stieß weiter ihre drohenden rauen Laute aus.

Joki begriff, dass sie nicht ihn meinte, sondern das lebende Bündel, das er auf dem Rücken trug. Bella roch den Wolf, was sonst? Wenn sie nun anfing zu bellen? Sicher schlief Knut in dieser aufregenden Nacht nicht und wäre im Nu zur Stelle ...

Vorsichtig hob er den Arm, um das Tier zu streicheln. Aber Bella bleckte die Zähne.

„Du willst uns doch nicht verraten, hm?", flüsterte Joki. „Sieh mal, der Wolf hier ist noch ein Welpe und muss zurück zu seiner Familie, sonst stirbt er. Das verstehst du doch?"

Einen Moment wartete er, als könnte die Hündin tatsächlich antworten oder wenigstens nicken. Aber es sah nicht danach aus, als würde sie nun gleich mit dem Schwanz wedeln und Joki Platz machen. Das Knurren wurde lauter, und in ihren Augen lag ein Ausdruck, den Joki nicht von ihr kannte und der ihn erschreckte.

„Hehe, schon gut, Bella."

Nervös kramte er in seinen Jackentaschen nach Leckerlis, die er in seinem Zimmer aufgesammelt und eingesteckt hatte. Dann zog er eines von den getrockneten Rinderohren hervor, die er total gruslig fand und die Bella besonders mochte.

„Na, wie wär's damit?", murmelte er. „Wir sind doch Freunde, stimmt's?"

Die Hündin achtete nicht auf das Leckerli, das aussah

wie ein vergammelter Kartoffelchip. Ihr Blick wurde noch starrer und glasiger, ihr ganzer Körper wirkte angespannt, als wollte sie im nächsten Moment angreifen.
„Ich hab keine Angst vor dir", sagte Joki leise. Als er sich vorsichtig einen Schritt auf sie zubewegte, stieß sie ein kurzes drohendes Bellen aus.
Zu allem Überfluss begann der Wolfswelpe im Rucksack zu strampeln. Was, wenn er sich befreite? Dann wäre das Chaos perfekt.
„Bella!", hörte Joki da plötzlich Knut rufen. „Bella, wo steckst du? Bei Fuß! Lass doch die Kinder schlafen!" Seine Stimme klang ärgerlich und schien aus der Küche zu kommen. „War ja wohl genug Aufregung für heute."
Die Hündin winselte, als wüsste sie nicht, was sie tun sollte. Zögernd warf sie Joki einen Blick zu. Das aggressive Leuchten verschwand im Nu aus ihren Augen, als würde sie ihn jetzt erst erkennen. Schließlich schnappte sie nach dem verschrumpelten Rinderohr, das Joki noch immer in der Hand hielt, und lief die Treppe hinunter.
Joki atmete auf. Er lauschte einen Moment und nahm wahr, dass Knut die Tür hinter dem Hund schloss und offenbar auf ihn einredete.
So schnell er konnte, raste Joki jetzt die Stufen hinab. Hinter der Küchentür kläffte Bella empört. Zum Glück gehörte sie nicht zu den Hunden, die Klinken herunterdrücken konnten.

Das Rudel lief und lief. Erst nach einem halben Tag, am Ufer eines Sees, legte es eine Pause ein.
Das Fell der Wölfin war blutbefleckt. Der Schuss hatte ihr Ohr getroffen, und sie hörte nichts mehr auf der rechten Seite. Sie trank, wie die anderen. Aber dann ließ sie sich erschöpft auf dem schlammigen Boden nieder.
Unruhig schlich der Rüde um sie herum und schnupperte an ihrer Verletzung, an den roten Rinnsalen und Tropfen. Er stieß einen kläglichen Laut aus, ein hohes Winseln, wie es sonst nur von den Welpen zu hören war. Die Wölfin hob nicht einmal ihren Kopf.
Nur eine kurze Weile verharrte er an ihrer Seite, dann erkundete er die Umgebung, trabte mal in die eine, mal in die andere Richtung, ins Wasser hinein und wieder hinaus.
Nicht weit entfernt – gleich hinter dem dichten Grün der Laubbäume und Büsche – war ein ständiges Rauschen zu hören. Nervös bewegten sich die Ohren des alten Wolfes. Er wäre am liebsten weitergelaufen, fort von dem Lärm, der nicht abriss und der Stille keine Chance ließ. Auch der Geruch, der in seine Nase stieg, gefiel ihm nicht. Er schien aus dem Rauschen zu kommen und nahm ihm fast den Atem.
Doch das Rudel brauchte die Pause, und hier gab es Wasser.
Als er nach einer Maus schnappte, die seinen Weg

kreuzte, verfehlte er sie. Sand und kleine Steine knirschten zwischen seinen Zähnen, und er kehrte um, lief zum Ufer zurück, spülte seinen Rachen und stillte den Durst. Schließlich hob er den Blick und beobachtete die Jungen. Sie tollten im flachen Wasser herum, haschten nach den Fischen, pirschten sich an zwei Enten heran, die erschrocken davonflogen, und jagten sich gegenseitig. Sie achteten nicht auf ihn und spielten wilder und übermütiger als sonst.

Eine Weile sah er ihrem Treiben zu, dann schüttelte er sein nasses Fell und lief ohne Eile zu der Wölfin, die lang ausgestreckt auf der Erde lag. Wieder schnupperte er an ihr, witterte das Blut und beäugte ihre Wunde. Die Spitze des Ohres fehlte. Vorsichtig begann er ihr verletztes Ohr zu lecken.

Die Wölfin blinzelte ihn an. Schmerz durchzuckte ihren Körper, doch sie verzog keine Miene. Die Sonnenstrahlen deckten sie zu, umhüllten sie, und ihr wurde allmählich warm.

Nach einer Weile schloss sie die Augen, doch der Schmerz und die Unruhe hielten sie wach.

Der Wolf leckte ihr nun ausgiebiger als sonst die Schnauze. Er wich ihr nicht von der Seite. Er wachte über sie und behielt gleichzeitig seine Nachkommen im Blick, die nicht weit entfernt herumtobten.

Ganz allmählich schien sich die Wölfin zu beruhigen. Das Zucken, das durch ihren Körper lief, ließ nach und hörte schließlich ganz auf.

Sie hob den Kopf und hielt nach den Jungen Ausschau. Als wäre das ein Zeichen, kamen sie angelaufen, drückten sich an ihre Mutter.

Der Wolfsvater blieb angespannt und drängte zum Aufbruch. Immer wieder stupste er die kleinen Wölfe an, die an der Seite der Mutter dösen wollten. Seine Nervosität übertrug sich auf das Rudel; die Jungtiere sprangen winselnd auf die Beine. Schon nach kurzer Rast liefen sie weiter.

DIE SUCHE BEGINNT

Die Spuren im Maisfeld waren nicht zu übersehen: Abdrücke der Wolfspfoten auf der trockenen, staubigen Erde und alle paar Meter Tropfen von Blut. Joki schnürte sich die Kehle zu bei dem Anblick. Er kämpfte sich durch die Pflanzen und entdeckte die roten Sprenkel auch auf den Blättern. Was bedeutete das? War der angeschossene Wolf am Kopf verletzt?
Die Last auf seinem Rücken wurde ihm allmählich schwer, doch er freute sich, dass der kleine Wolf wieder eingeschlafen war. Manchmal winselte er leise, als würde er etwas Böses träumen. Sah er seine Eltern vor sich? Vermisste er sie?
„Du wirst sie bald wiedersehen", murmelte Joki. Dabei war er sich überhaupt nicht sicher. Wie schnell liefen Wölfe? Wie weit?
Hatte er überhaupt eine Chance, sie einzuholen?
Aber eines der Tiere war verletzt. Und so schrecklich er das auch fand, so hoffte er doch, dass sie nicht so schnell vorwärtskamen.
Joki kaute auf seiner Unterlippe herum. Das Rudel musste ihm zum Hof gefolgt sein. Normalerweise mieden Wölfe die Menschen, oder? Hätte er den Welpen nicht mitgenommen, wäre möglicherweise gar nichts passiert. Dann wäre das Kalb noch am Leben und Knut hätte nicht geschossen.

Als wollte er sich zu Jokis Gedanken äußern, regte sich im Rucksack auf einmal das Wolfskind. Es strampelte und knurrte und gab sich alle Mühe, sich zu befreien.

Joki begann wieder zu summen. Vielleicht gelang es ja, das Tier noch einmal mit einem Schlaflied zu beruhigen? Aber diesmal klappte es nicht. Der Welpe war wach und wollte raus aus seinem Gefängnis.

Gerade als Joki den Rucksack absetzen wollte, schlüpfte der Wolf hinaus und sprang auf die graubraune Erde. Hilflos musste Joki mit ansehen, wie sein Schützling zwischen den Maisstängeln verschwand.

Einfach so.

„Das war's dann also, ja?"

Sollte er ihm etwa nachrennen? Wohin war der Wolf gelaufen? Nach rechts, nach links, geradeaus? Und selbst wenn Joki die Spuren fand und ihm nachjagte – das kleine wendige Tier würde ihn trotz verbundener Pfote im Gewirr der Pflanzen mit Leichtigkeit abhängen.

Frustriert ließ sich Joki zu Boden fallen. Offenbar taugte er nicht als Welpenhüter. Wieso hatte er geglaubt, dass ausgerechnet er den kleinen Wolf retten konnte?

Joki pflückte sich einen der Maiskolben und schälte die Blätter ab. Erst als er in die noch etwas blassen Körner biss, merkte er, dass er Hunger hatte. Außer dem Hundefutter und etwas Wasser hatte er keinen Proviant eingepackt.

Und was nun? Sollte er sich nach Hause schleichen und hoffen, dass seine Mutter wie üblich auf dem Sofa neben

Fienchens Wiege ihren Mittagsschlaf machte? Und Knut? Hatte er Jokis Verschwinden etwa schon bemerkt? Aber vermutlich war er noch auf dem Hof beschäftigt. Der Kadaver des Kälbchens konnte ja nicht einfach so liegen bleiben. Vielleicht musste Knut die Beweise für den Wolfsangriff auch irgendwohin bringen, um die Entschädigung zu bekommen.
Joki zuckte mit den Achseln. Wenn er jetzt umkehrte, hübsch sein Zimmer aufräumte, die Gardine wieder anbrachte, alle Spuren verwischte ... Er könnte einfach so tun, als wäre nichts passiert.
Plötzlich nahm er ein hohes Jaulen wahr. Es klang wie ein fragender Ruf.
Ohne darüber nachzudenken, formte Joki die Hände zu einem Trichter und stieß einen langgezogenen Laut aus. Sein Heulen war noch nicht perfekt, das hörte er selbst. Es klang eher danach, als hätte sich Fienchen in die Windel gemacht und einen wunden Hintern. Doch Joki probierte es gleich noch einmal, und diesmal gab er sich mehr Mühe. Obwohl er kein einziges Wort verwandte, schwang in seinem langgezogenen „Aaauuuuuu" ein traurig-trotziges „Komm-zu-rück!" mit. Der Wolf fiel nach kurzem Schweigen in den komischen Singsang ein. Jetzt heulten sie zu zweit. Joki kam das merkwürdig vor und gleichzeitig ganz natürlich. Wenn er mit dem Jaulen aufhörte, verstummte auch der Welpe. Stimmte er erneut sein Geheul an, brauchte er auf die Antwort nicht lange warten.

In ein paar Metern Entfernung begannen die Maisstängel, sich zu bewegen. Eine grüne Welle lief auf Joki zu, und im nächsten Moment sprang der kleine Wolf aus den raschelnden Blättern und schleckte sein Gesicht ab.
„Pfui Teufel, kannst du das nicht mal lassen?" Joki lachte.
Der Welpe sprang übermütig um ihn herum, schnappte nach dem Kolben und riss ihn Joki aus der Hand.
Diesmal lief Joki dem Tier ein Stück nach. Holte sich die Beute zurück und ließ sie sich gleich wieder abnehmen. Es war ein Spiel, das erkannte Joki sofort. Und genau deshalb war der Welpe zurückgekehrt: Er wollte spielen.
„Jetzt sind wir ein Team, okay?"
Sein Schützling blickte ihn vertrauensselig an, als würde er verstehen, was Joki sagte.
Aber natürlich verstand er es nicht. Kein einziges Wort. Er war ein Wolf.

Welchen Weg das Rudel auch lief, ständig stieß es auf das gleiche Hindernis.
Das Rauschen, der Lärm, die Lichter, die auf sie zurasten, versetzten die Wölfe in Angst und Schrecken.
Der Rüde hielt die Jungtiere mit Geknurr und leichten, aber energischen Bissen davon ab, sich auf den breiten schwarzen Weg vorzuwagen. Nicht eine Pfote ließ er sie in die Gefahrenzone setzen. Zurück konnten sie aber

auch nicht mehr. Also rannten sie geradeaus, am Rand entlang, als würden sie einem Flusslauf folgen. Nur geschützt von der hereinbrechenden Dunkelheit und ein paar wenigen Büschen, wurden sie immer wieder überholt von den rasenden Ungetümen. Irgendwann würden sie auf die andere Seite müssen. Dort standen die Bäume höher und dichter. Und wo der Wald stark war, gab es viel Wild und kaum Menschen.
Die Wolfsfamilie brauchte einen Platz, an dem sie ungestört leben konnte. Die Jungtiere mussten das Jagen erst noch lernen. Existierte für sie überhaupt noch ein gefahrloser Ort? Instinktiv lauerte der Wolf auf eine Gelegenheit, die Seite zu wechseln. Sie mussten schnell sein, und sie durften nicht getrennt werden. Zögernd sah er sich nach seiner verwundeten Gefährtin um. Die Zunge hing ihr aus dem Maul, und sie hechelte. Es fiel ihr zunehmend schwer, Schritt zu halten. Ihre Tritte wirkten unsicher, zaghaft, schwach, und ihre Augen hatten den Glanz verloren. Auf keinen Fall würde er sie zurücklassen! Ohne die Mutter der Welpen wäre das Rudel verloren.

Die Wölfin trottete ihrer Familie hinterher. Zwar hatte sie sich am See etwas erholt, aber sie war vom Blutverlust noch immer geschwächt. Den anderen zu folgen, erforderte all ihre Kraft. Stück für Stück kämpfte sie sich vorwärts, trat in die Fußstapfen des Rudels. Trotz der Verletzung war sie eine ausdauernde, zähe Läuferin.

Den Lärm, der an ihr vorbeirauschte, hörte sie nur halb. Auf einem Ohr taub zu sein, hatte jetzt auch etwas Gutes. Dennoch war der Wölfin die Gefahr bewusst. Das Rudel gehörte hier nicht hin. Es konnte jederzeit etwas Schlimmes passieren.

Ein entgegenkommendes grelles Licht blendete sie und brachte sie schlagartig zum Taumeln. Ihre zittrigen Beine suchten nach einem Halt, den sie auf der schräg abfallenden Böschung nicht fanden. Sie rutschte ein Stück auf den harten schwarzen Pfad und blieb einen Moment lang wie erstarrt stehen. Plötzlich hörte sie einen furchtbar lauten Ton und sprang erschrocken zur Seite. Etwas rauschte sehr dicht an ihr vorbei, sie spürte den Luftzug wie eine Berührung, und ihr Fell sträubte sich.

Das Rudel wurde langsamer, die Jungwölfe sahen sich zögernd nach ihr um. Der Rüde blieb stehen, und sie erkannte seinen scharfen, konzentrierten, nur auf sie gerichteten Blick. Er schien auf etwas zu warten, auf ein Zeichen, das nur von ihr kommen konnte. Auf einmal war es sehr still um sie herum, nichts rührte sich auf der schwarzen Bahn, kein greller Schein näherte sich. Nur ein einzelner Stern blinzelte hoch über ihnen.

Die Wölfin kletterte die Böschung hinauf und lauschte in die unerwartete Stille. Aus einer plötzlichen Eingebung heraus lief sie los, übernahm mit letzter Kraft die Führung und hetzte auf die andere Seite – und das Rudel folgte ihr, ohne zu zögern. Neuer Lärm rauschte heran. Wieder zerschnitten kalte Lichter die Nacht.

Sofort preschten die Wölfe in den Wald hinein, sprangen über umgefallene Bäume oder tauchten darunter hinweg, liefen immer weiter, schlüpften durch Gehölz und Büsche, ohne nach bequemeren Umwegen zu suchen und ohne auch nur einmal innezuhalten. Dann, von einem Moment auf den nächsten, sackte die Wölfin zusammen. Sie fiel auf weiches duftendes Moos und schlief augenblicklich ein.

EINE BLUTIGE FÄHRTE

Joki und der kleine Wolf liefen jetzt Seite an Seite. Alle paar Meter schnupperte der Welpe an den Fährten seines Rudels. Manchmal stürmte er aufgeregt winselnd ein Stück voraus, und dann fürchtete Joki, er würde davonlaufen, weil er irgendetwas witterte, eine Beute vielleicht. Doch der Kleine kam immer wieder zurück.
Manchmal sprach Joki mit ihm, und manchmal summte er ihm etwas vor, eine Melodie, die ihm gerade in den Sinn kam. Und jedes Mal hatte er das Gefühl, dass das Tier ihm lauschte. Es hielt sich dicht neben ihm, und seine Ohren schienen sich beinahe im Takt zu bewegen. Als sie sich einem See näherten, wurde der Welpe wilder und ausgelassener, rannte hin und her und stieß Laute aus, die halb nach Jaulen und halb nach Kläffen klangen. Offenbar hatte das Rudel hier Rast gemacht. Am feuchten Ufer fanden sich Spuren, die noch recht frisch aussahen.
Joki kniete sich neben eine Fährte und versuchte zu entschlüsseln, was sie ihm verraten konnte. Der Krallenabdruck war deutlich zu erkennen. Er wirkte groß. Kein Jungtier also. Neben der Spur entdeckte er einen Blutstropfen auf einem Kiesel. Er war noch nicht getrocknet. Joki beugte sich tiefer über die Stelle, inspizierte jedes Detail. An einem Stück Wurzelholz fand er ein winzig kleines Büschel von grauem Fell. Joki nahm

den Wolfsfussel vorsichtig zwischen Daumen und Zeigefinger und betrachtete ihn. Er dachte an seine erste Begegnung mit dem Rudel. Der helle Wolf, dem er zuerst am Bach begegnet war, die Jungtiere, die sich an den zweiten Ausgewachsenen drängten, der ein dunkelgraues Fell hatte ...

„Die Wölfin", flüsterte Joki. Allem Anschein nach war sie es, die angeschossen worden war. Wie ging es ihr? Hatte sie Schmerzen? Konnte sie mit dem Rudel mithalten?

Ein kräftiger Wind kam auf, und kleine Wellen klatschten den beiden vor die Füße und spritzten sie nass. Joki sprang hoch und sah in einiger Entfernung ein Segelboot, das so schief auf dem Wasser lag, als würde es jeden Moment umkippen.

Es passte ihm überhaupt nicht, dass sie sich in Sichtweite von Menschen befanden.

Zwar glaubte er kaum, dass die Segler Verdacht schöpften und den Wolf als Wolf erkannten, doch was war, wenn hier Spaziergänger auftauchten? Vielleicht hatte Jokis Mutter die Abwesenheit ihres Sohnes längst bemerkt und suchte nach ihm? Spätestens wenn sie sein Zimmer betrat und das Chaos entdeckte, würde sie Alarm schlagen. Und der hinterlassene Zettel konnte sie vermutlich auch nicht sonderlich beruhigen. Im Gegenteil – sie würde sich schrecklich um ihn sorgen. Sie hielt Joki für ein leichtsinniges Kind, das schnell mal irgendwelchen Blödsinn anstellte – da machte er sich nichts vor. Womöglich rief sie sogar die Polizei und meldete ihn als vermisst? Joki lief ein Schauer über den Rücken. Er musste das Rudel finden, ehe seine Mutter und Knut ihn fanden. Am liebsten wäre er sofort wieder aufgebrochen. Doch der kleine Wolf hatte jetzt das Wasser für sich entdeckt. Immer wieder rannte er in den See hinein, trank, planschte, schwamm und schnappte nach Fischen.

Nervös sah Joki ihm zu. Zu warten machte ihn nur noch hibbeliger. Also riss er sich kurzentschlossen die Kleidung vom Leib und folgte seinem Schützling.

Kaum schwamm er ein paar Züge, legte sich seine Unruhe. Das Wasser war klar und erfrischend, aber nicht zu kalt. Kleine Wellen liefen auf ihn zu und stupsten ihn an, als wollten sie ihn aufmuntern. Einen Moment vergaß er seine Sorgen und tauchte in die Tiefe des Sees. Er entdeckte schillernde Fische und folgte ihnen ein Stück. Nach Luft japsend kam er wieder hoch, ließ sich treiben und blinzelte in die Sonne.

Als er den Kopf hob, um nach dem Welpen zu sehen, blendeten ihn die Funken auf der Wasseroberfläche – die vollkommen leer war. Wo steckte der Kleine?

Joki blickte sich suchend um. Vergeblich.

Vor Aufregung schluckte er etwas Wasser und hustete. „Wo bist du?", krächzte er und beeilte sich, ans Ufer zu kommen.

Die Sonne kam ihm plötzlich zu hell und zu warm vor. Obwohl er nass war, schwitzte er.

Vielleicht konnte der Welpe gar nicht so gut schwimmen? Oder er war in einer Fischreuse hängengeblieben?

Doch das Gewässer lag friedlich da. Nur ein paar seichte Wellen rollten heran.

Joki hockte sich in den nassen Sand, versuchte herauszufinden, ob der Wolf aus dem See gekommen war. Wolfsspuren gab es genug. Aber stammten auch welche von dem Welpen?

Hektisch fummelte Joki eine Alupackung Hundefutter aus dem Rucksack und zog die Folie ab. Zum Vorschein kam ein Fleischgemansche mit Möhrenstückchen und Soße. Es sah ein bisschen so aus wie die Reste vom Wochenende, die seine Mutter manchmal Montagabend aufwärmte und zu einer undefinierbaren Speise zusammenrührte.

„Komm schon, es gibt Fresschen!", rief er, obwohl er bezweifelte, dass Wölfe auf solch alberne Sprüche hörten. Aber vielleicht konnte der Welpe die Nahrung ja wittern?

Der kleine Wolf tauchte auf einmal aus einem Gestrüpp auf, als hätte er sich dort versteckt. Erst einmal scherte er sich nicht um den Köder, sondern schnupperte den Spuren seiner Familie nach. Joki lachte erleichtert und versuchte, ihn mit Schnalzen, Pfiffen und sogar schmatzenden Kussgeräuschen anzulocken.

Der Welpe hob verwundert den Kopf und betrachtete ihn nachdenklich, als wüsste er nicht, wer dieser Mensch da eigentlich war. Schließlich trottete er auf Joki zu, und es wirkte so, als wollte er ihm einen Gefallen tun.

Spontan drückte Joki ihn an sich, als wäre er ein Freund, den er lange nicht gesehen hatte. Ihm fiel auf, dass aus

der Schnauze des Tieres ein strenger Fischgeruch kam. „Aha, dann bist du wahrscheinlich schon satt."
Trotzdem schob er ihm die Schale unter die Nase. „Nachtisch", sagte er.
Der Wolf schnüffelte eine ganze Weile an dem Futter herum. Besonders begeistert sah er nicht aus. Doch dann ließ er sich dazu herab, die Gabe anzunehmen, und fraß die Schale leer.
Während sich Joki anzog, wuselte das Tier um ihn herum, und Joki bemerkte, dass der Verband fehlte. Offenbar hatte er sich im Wasser gelöst. Die Wolfspfote sah wieder ganz in Ordnung aus. Nur an einer kleinen Stelle schimmerte sie noch ein bisschen rosa.

Ein paar Minuten später folgten sie den Fährten des Rudels. Es war kein einfacher Weg. Die Spur führte quer durch matschigen Sand, und an einigen Stellen sank Joki bis zu den Knöcheln ein. Zum Glück waren die Abdrücke der Pfoten so tief, dass man sie mit Leichtigkeit erkennen konnte. Eines der Tiere schien einzeln zu laufen. Die Wölfin hatte wohl Mühe, dem Rudel zu folgen, vermutete Joki.
Er warf dem Welpen einen besorgten Blick zu. Ahnte er, dass es seiner Mutter nicht gut ging? Er entdeckte einen wilden Schimmer in den Augen des Wolfes. Als sei er zu allem entschlossen, um zu seinem Rudel zurückzukehren.
Im Wald wurde die Spurensuche schwieriger. An mancher

Stelle schien die Fährte einfach aufzuhören. Zwei, drei Stunden irrten sie zwischen Büschen und Gehölz herum, bis der Wolf endlich wieder eine Markierung witterte. Abgebrochene Zweige deuteten auf eine Art Trampelpfad hin.
„Sind sie hier langgelaufen, was meinst du?"
Zunehmend vertraute Joki auf den Instinkt und die Fähigkeiten des Welpen. Wenn er selbst nicht weiterwusste, überließ er dem Tier die Führung. Es blieb ihm auch kaum etwas anderes übrig: Joki konnte so viel schnüffeln, wie er wollte, er roch das Rudel einfach nicht. Und der Wolf schien stets einen Weg zu wissen. Allerdings fragte sich Joki, ob ihr Zickzackkurs wirklich der richtige war.
Immer wieder landeten sie an einer Autobahn. Die Fahrzeuge schossen hin und her. Und immer wieder führte die Spur zurück in den Wald.
Die Sonne begann unterzugehen, und der Himmel färbte sich rot. Joki entfernte sich mehr und mehr von seinem Zuhause, und er überlegte, was sie tun sollten, wenn die Nacht anbrach, wenn die Dunkelheit alle Spuren schluckte – während die Wölfe weiter und weiter zogen. Ihnen machte die Finsternis nichts aus, das wusste er.
Automatisch lief Joki schneller. Die Unruhe trieb ihn an. Eine Zeit lang hasteten sie geradeaus, auf einem schmalen Weg, keinen halben Meter von der Autobahn entfernt. Schließlich fiel Joki in einen Dauerlauf, und der kleine Wolf rannte manchmal neben ihm her, manchmal

ein paar Schritte voraus. Sie mussten sich beeilen, solange es noch einigermaßen hell war.
Vielleicht hatten sie Glück. Vielleicht würden sie das Rudel noch erreichen, ehe es finster wurde.
Und wenn nicht?
Und folgten sie überhaupt noch der richtigen Spur?
Joki starrte auf den dunklen Waldboden.
Zu erkennen war kein einziger Abdruck mehr.

Der Wolf erwachte von einem derben Schlag. Die krallenbesetzte Pfote hatte seine Nase getroffen.
Er sprang knurrend auf, sein Körper war angespannt, sofort bereit zu Flucht oder Angriff. Bereit, seine Familie zu verteidigen. Bereit zu kämpfen, wenn es sein musste. Doch das Rudel schlief friedlich. Die Jungtiere lagen zusammengerollt da und rührten sich nicht. Dennoch starrte er sie eines nach dem anderen an. Bis er sah, dass sie regelmäßig atmeten.
Nur die Wölfin bewegte sich. Sie ruderte wild mit den Beinen, schnappte in die Luft und stieß ein leises Winseln aus. Beunruhigt beobachtete der Wolf sie eine Weile. Ein Zucken lief durch ihren Körper. Ihre Augen blieben geschlossen. Nichts deutete auf eine Gefahr hin. Der Wolf ließ sich wieder an ihrer Seite nieder, darauf bedacht, etwas Abstand zu halten.

Die Wölfin schlich von ihrem Rudel fort. Ein Nebelwall rollte auf sie zu, aber sie ließ sich nicht beirren. Sie konnte nichts erkennen, der Nebel nahm ihr die Sicht. Aber sie hatte es genau gehört: das Jaulen ihres Kleinsten. Seine Rufe, die ganz allein ihr galten. Immer weiter lief sie, immer schneller auf Schwarzohr zu. Er lebte! Er wartete auf sie – dort, auf der anderen Seite. Lange lief sie, schwebte beinahe, wie auf Wolken aus Moos. In dem Nebel öffnete sich ein schwarzes Loch. Ohne zu zögern schlüpfte sie in die Höhle. Irgendwo da im Dunkel würde sie ihn finden. Sie spürte, dass er in ihrer Nähe war. Und dann sah sie ein Licht. Die Augen ihres kleinsten Sohnes leuchteten ihr wie Sterne entgegen. Noch ein paar Schritte … Gleich … Sie konnte ihn schon riechen. Er kam ihr nicht entgegen. Irgendetwas schien ihn daran zu hindern. Aber sie würde gleich bei ihm sein. Sie spannte ihre Muskeln an, kämpfte sich vorwärts. Doch er war immer noch weit entfernt. Auf der anderen Seite des Höhlenganges. Sosehr sie sich auch anstrengte, so schnell sie auch lief, sie konnte ihn nicht erreichen.

Wo befand sie sich plötzlich?
Verwirrt und zitternd sah die Wölfin sich um. Atemlos, als wäre sie tatsächlich gerannt. Ihre Familie schlief.
Auf leisen Pfoten schlich sie um die Jungen herum. Schnupperte vorsichtig an jedem einzelnen von ihnen. Eines winselte im Schlaf, eines knurrte, eines schmatzte,

und eines rollte sich gerade zusammen, ohne aufzuwachen. Sie lief eine Runde, zwei Runden, dann drei. Schwarzohr fehlte.
Aber sie hatte ihn doch gesehen! Sie hastete ein paar Schritte durchs Unterholz und suchte nach ihm. Roch an der Erde, an Gräsern und Bäumen. Dann kletterte sie auf einen kleinen Hügel und starrte in den Wald, als könnte ihr Sohn jeden Moment aus einem Busch gesprungen kommen.
Sie hob ihren Kopf und begann leise zu jaulen. Die Laute aus ihrer Kehle schwollen an und wurden zu einem klagenden Geheul. Nach einer Weile merkte sie, dass sie nicht allein war. Die Jungtiere, noch schlaftrunken und müde, kamen nach und nach und drängten sich an sie. Verspielt und verträumt sprangen sie an ihr hoch, stupsten sie mit ihren Nasen an und leckten an ihrer Schnauze. Doch als ihre Mutter einfach weiterheulte, fielen sie mit ihren hellen Stimmchen in den Gesang mit ein.

Der Wolf erwachte davon, blinzelte zu seiner Familie hinüber, reckte und streckte sich. Dann lauschte er den traurigen Tönen der Wölfin und erfasste, dass es ein Rufen war. Würde Schwarzohr sie hören?
Gleichzeitig stieg Unruhe in ihm hoch. Auch wenn er nicht über die Gefahr nachdachte, kamen ihm die Zweibeiner in den Sinn. Das laute Krachen, die verwundete Gefährtin, das Blut, das über ihr Gesicht gelaufen war. Es waren Töne und Bilder, die sich in ihm eingenistet

hatten und die ihm sagten, dass sie weiterziehen und schleunigst von hier verschwinden mussten.

Eine Weile verharrte er, wartete auf das Ende des Wolfsgesangs, dann gab er mit einem kurzen Knurren das Zeichen zum Aufbruch.

IN DER FINSTERNIS

Es hatte keinen Sinn, einfach weiterzulaufen und nach Spuren Ausschau zu halten. Es war zu dunkel. Sie mussten sich einen Schlafplatz suchen, ehe die Schwärze der Nacht alles Sichtbare verschluckte.
Der kleine Wolf schien allerdings von Minute zu Minute munterer zu werden. Immer wieder drängte er zur Autobahn hin. Immer wieder musste Joki ihn davon abhalten, auf den Asphalt zu laufen.
Gerade hüpfte er mit einem Satz auf die Fahrbahn, um ein leuchtendes, flirrendes Insekt zu fangen. Joki griff nach dem Welpen und riss ihn hoch.
„Sag mal, spinnst du? Da fahren Autos! Siehst du das nicht?"
Er hielt ihn so, dass er ihm direkt ins Gesicht sehen konnte. Doch natürlich verstand der kleine Wolf die Warnung nicht. Er leckte nur ein wenig an Jokis Hand herum.
Joki spürte die warme Feuchtigkeit auf seiner Haut und begriff, dass er jetzt für dieses Bündel Leben verantwortlich war. Er hielt den Welpen fester im Arm und presste ihn an sich.
Scheinwerferlicht blendete sie. Lautes Hupen ließ Joki zusammenfahren. Obwohl es kühl wurde, brach ihm der Schweiß aus.
„Du hättest tot sein können!", schnauzte er das Tier an.

Unwillkürlich stiegen ihm Tränen in die Augen. ÜBERFAHRENER WOLFSWELPE AUF DER AUTOBAHN – Joki sah die Schlagzeile schon vor sich.

„Hör mal zu", flüsterte er in das zuckende Wolfsohr. „Wir überqueren morgen die Autobahn, okay? Wenn es hell ist. Eigentlich ist das ja verboten, aber wie es aussieht, ist deine Familie auf der anderen Seite, habe ich recht? Das ist total verboten, wir werden Ärger kriegen, das verspreche ich dir."

Der Wolf in seinem Arm sah ihn mit großen Augen an. Dann begann er Joki das Gesicht zu lecken.

„Mensch, Wolf, lass das!", rief Joki und wischte sich Wangen und Nase mit dem Ärmel trocken. Aber unwillkürlich musste er wieder lachen. Betrachtete der Wolf ihn als Freund? Oder bildete er sich das nur ein? Konnte es das überhaupt geben, eine Freundschaft zwischen einem Menschen und einem Raubtier?

„Meine einzige Freundin heißt Sanja", redete Joki in die Dunkelheit hinein. „Sie ist ein Mädchen und ein Jahr jünger als ich. Wir haben uns gestritten, ich war ungerecht zu ihr, aber sie ist trotzdem zu mir gekommen. Das ist echte Freundschaft, oder? Ich mag Sanja, und dich mag ich auch. Und ich möchte nicht, dass dir etwas passiert."

Der Wolf strampelte in seinen Armen, aber Joki dachte nicht daran, ihn loszulassen. Erst als das Tier ruhiger wurde, setzte er es vorsichtig ab und fummelte nach der Taschenlampe in seinem Rucksack. „Tut mir leid, meine

Augen sind nicht so gut wie deine. Ich muss jetzt mal ein bisschen Licht machen."

Joki knipste die Lampe an und sah, dass sie beide in weicher aufgewühlter Erde hockten. Die dunklen Haufen wirkten, als hätte an diesem Ort kürzlich eine Schlacht stattgefunden.

„Tja, wer sich hier nachts wohl so alles rumtreibt?", fragte er mit mulmigem Gefühl.

Er richtete den Lichtkegel auf den Wolf, als könnte von ihm eine Antwort kommen, doch der blinzelte ihn nur mit leuchtenden Augen an und zog sich ein Stück zurück.

„'tschuldige", murmelte Joki, als er merkte, dass er seinen Schützling blendete, und hielt den Strahl auf den Boden gesenkt. „Sanja hätte uns jetzt glatt einen Vortrag über nachtaktive Tiere gehalten. Ich meine, sie kennt sich wirklich aus mit den Dingen, die nachts im Wald geschehen und … Und falls du denkst, ich rede so viel, damit es im Dunkeln nicht so gruslig ist, hast du verdammt recht."

Joki hörte ein Rascheln, etwas huschte an ihnen vorbei, aber als er mit der Taschenlampe den Boden ableuchtete, konnte er nichts Ungewöhnliches entdecken.

„Was war das? Du musst das doch erkennen mit deinem scharfen Blick?"

Der Welpe legte den Kopf schräg, als müsste er über Jokis Frage nachdenken. Dann sprang er plötzlich in ein Gesträuch. Und jetzt raschelte es noch viel mehr.

Joki bekam eine Gänsehaut. In der Finsternis war alles

unheimlicher. Jeder Laut bedeutete hier, dass man es mit einem unbekannten, unsichtbaren Wesen zu tun bekam, oder nicht?

„Komm lieber wieder her", flüsterte Joki in den Busch hinein.

Da rollte ihm auf einmal ein Ball vor die Füße.

„Na, sieh mal einer an, die Menschen lassen wirklich alles liegen, was?"

Erst als er den Schein der Lampe auf die Kugel richtete, sah er, dass sie Stacheln hatte.

Der Wolf streckte neugierig die Pfote nach ihr aus und versetzte ihr einen leichten Schlag.

Die Kugel fauchte laut. Der Welpe winselte erschrocken und machte einen Satz in Jokis Richtung.

„Schon gut." Joki strich ihm beruhigend über den Kopf. „Schon gut. Ist doch bloß ein Igel. Der tut uns nichts."

Der Igel rollte sich auseinander, fauchte noch einmal böse und wieselte davon.

Joki presste die Lippen aufeinander, um nicht zu lachen. Was wusste er schon, wie empfindlich das Wölfchen war? Er wollte keineswegs, dass es das Gefühl bekam, Joki lachte es aus.

„Was hältst du davon, wenn wir uns bald irgendwo ein Nachtlager suchen?" Er ließ den Lichtkegel über den Boden schweifen. „Sieht doch ganz gemütlich aus, oder?"

Auch hier war die Erde aufgewühlt und weich. Beinahe so weich wie sein Bett zu Hause.

Joki starrte in das Dunkel des Waldes. „Irgendwie bin ich

ganz schön müde vom Herumlaufen", sagte er. „Und im Fernsehen kommt heut auch nichts Vernünftiges. Sieht mir eher nach einer längeren Bildstörung aus."

Der kleine Wolf sprang hin und her, schnupperte herum und scharrte im Waldboden.

„Na, komm schon. Wählerisch können wir hier nicht sein. Außerdem stinkt es nur ein bisschen." Es roch tatsächlich etwas modrig, nach feuchter Erde und fauligen Blättern; nichts Auffälliges – jedenfalls nach Jokis Nase zu urteilen.

Doch der Welpe klemmte die Rute zwischen die Beine und winselte.

„Hast du etwa Angst? Ich dachte, Wölfe ..."

Plötzlich hörte Joki ein Schnauben und Brummen.

„... fürchten sich nicht", flüsterte er und drehte sich langsam um.

Etwas Schwarzes tauchte aus dem Dickicht. Genauer gesagt: mehrere schwarze Wesen. Wie Dämonen aus der Unterwelt.

Joki wagte nicht, den Lichtkegel auf sie zu richten. Vielleicht hatten sie Joki und den Wolf ja nicht bemerkt und würden weiterlaufen?

Doch die unbekannten Geschöpfe blieben stehen. Ihre Schatten wirkten im blassen Licht der Sterne riesig. Groß wie Grizzlybären. Das Brummen und Schnauben verwandelte sich in Grunzen und Quieken. Wildschweine! Eine ganze Rotte!

Erstaunlich schnell trabten sie in einiger Entfernung an

ihnen vorbei und stießen Laute aus, die so ähnlich klangen wie Sanjas Rülpser.
„Einen schönen guten Abend noch", rief Joki höflich und versuchte zu ignorieren, dass sich die Härchen auf seinen Unterarmen sträubten.
Der kleine Wolf knurrte mutig gegen die großen, massigen Wesen an, und seine Zähne glänzten weiß und sahen erstaunlich spitz aus.
Immer mehr Wildschweine brachen aus dem Gestrüpp. Joki hielt Ausschau nach einem Baum, auf den er notfalls klettern konnte. Doch in seiner unmittelbaren Nähe befanden sich nur ein paar Birken, die so dünn waren, dass man sich nicht mal hinter ihnen verstecken konnte.
Aus Jokis Kehle stieg ein Summen, erst klang es ein bisschen nach dem Gebrumm einer Fliege, die immer wieder gegen eine Fensterscheibe flog. Auf die Schnelle fiel ihm keine Melodie ein, die auf Wildschweine beruhigend oder abschreckend wirken könnte. Vielleicht sollte er kreischen, wie seine Mutter, wenn sie eine schwarze Spinne auf weißer Tapete entdeckte? Doch womöglich reagierten sie auf schrille Laute ja aggressiv?
Joki spitzte die Lippen. Außer einem komischen Pfeifton brachte er nichts zustande, und die Borstentiere antworteten ihm mit Sanja-Rülpsern.
Zum Glück hielt die Rotte Abstand und rannte so schnell, als würde sie zu spät zu einer Wildschweinversammlung kommen. In wildem Galopp drängten die Tiere tiefer ins Unterholz, und bald war von ihnen nichts mehr zu sehen.

Nur ihr Grunzen und knackende Äste verrieten, dass sie noch in der Nähe waren.

Joki spähte ihnen nach. Er rechnete damit, dass sie gleich wiederkommen würden, und schob sich langsam rückwärts. Da bröckelte plötzlich der Boden unter ihm weg, und Joki plumpste auf die Erde. Wie auf einer Rutsche schlitterte er abwärts in eine Mulde hinein.

Sofort versuchte Joki hochzukommen, doch der Boden war glitschig, und er rutschte immer wieder in die Grube zurück. Aus den Augenwinkeln bemerkte er den Welpen, der hin und her lief, sich ein paarmal duckte, als wollte er zum Sprung ansetzen.

„Bleib lieber, wo du bist", murmelte Joki. „Ich bin gleich bei dir."

Irgendwie roch es hier streng und faulig, sogar mehr als streng, und Joki dämmerte, dass das keine gewöhnliche Bodenvertiefung war, sondern ein verlassenes Wildschweinlager.

„Der Matsch ist wahrscheinlich nicht einfach nur Matsch, sondern eine würzige Mischung aus ..." Joki ersparte sich den Rest des Satzes. „Wir sollten doch lieber woanders übernachten."

Das Licht der Taschenlampe fiel auf eine Wurzel, die einigermaßen stabil aussah, und Joki griff nach ihr, als wäre sie eine Hand. Hastig zog er sich nach oben und kletterte aus der Grube.

„Und jetzt nichts wie weg!", rief er dem Wölflein zu und rannte los.

Der Lichtkegel hüpfte vor ihnen her, trotzdem war kaum etwas zu erkennen. Joki stolperte zweimal, fing sich aber sofort wieder. Die Bäume boten ihm Halt, als wären sie ältere Brüder.

Der Welpe winselte erschrocken, wenn sein menschlicher Begleiter strauchelte. Leichtfüßig lief er neben ihm her, stupste ihn an, schnupperte, ob alles in Ordnung wäre. So sah es für Joki jedenfalls aus. Sicher konnte er sich natürlich nicht sein. Was, wenn der Wolf plötzlich davonlief? Wenn es ihn wieder Richtung Straße trieb? Doch wie durch ein Wunder blieb das Tier an seiner Seite. Das Grunzen der Wildschweine war verstummt, und außer den Rufen einer Eule vernahm Joki nur noch das Hecheln des kleinen Wolfes.

Seine Augen gewöhnten sich zunehmend an die Dunkelheit. Mit gesenktem Blick tastete er Schritt für Schritt den Waldboden und das Unterholz ab, um nicht wieder über Wurzeln oder Geäst zu stolpern oder in einem stinkenden Loch zu landen. So bemerkte er die Leiter erst, als er mit der Schulter gegen sie stieß.

„Na, sieh mal einer an", flüsterte er und leuchtete mit der Taschenlampe nach oben.

Der Hochsitz wirkte stabil, als er daran rüttelte, und Joki stieß einen leisen zufriedenen Pfiff aus.

Kurzentschlossen schob er die Lampe in die Jacke, so dass sie aus der Tasche herausleuchtete, und nahm den Welpen auf den Arm. Vorsichtig begann er, mit ihm die Sprossen hinaufzusteigen. Anfangs zappelte das Tier noch und knurrte leise. Joki summte ihm das Schlaflied vom Mond vor, und je höher sie kamen, desto ruhiger wurde es. Allerdings spürte er unter seiner Hand das Herz des Wölfleins wummern.

„Hast du Angst? Du musst keine Angst haben, es reicht, wenn ich welche habe."

Das Holzgerüst knarrte leise, und irgendein kleiner Vogel umschwirrte sie. Oder war es eine Fledermaus? Joki kümmerte sich nicht darum. Er konzentrierte sich darauf hinaufzukommen, nicht abzustürzen, endlich einen Platz für den Rest der Nacht zu finden.

Zu seinem Erstaunen hatte der Hochsitz eine Tür, doch die war zu. Joki stöhnte leise. Ein paarmal zog er am Griff, und als er schon wieder hinunterklettern wollte, bemerkte er den Riegel. Hastig zog er ihn zurück und erschrak beinahe, als die Tür sich wie von selbst öffnete. Fast erwartete er, dass ihnen ein Waldgeist entgegenschweben würde. Aber der Raum war leer, abgesehen von einer großen Kreuzspinne in einer der oberen Ecken.

Erschöpft ließ sich Joki auf die schmale Holzbank fallen. „Ist doch fast wie im Hotel, oder?"

Schwarzohr kratzte und scharrte eine Weile, aber der Boden gab nicht nach. Er biss in das Holz, das ein wenig einer breiten Wurzel ähnelte, und zerrte daran, doch es blieb fest und unnachgiebig. Vergeblich wartete er darauf, dass ein kleines Tier aus seinem Versteck auftauchte, das sich gestört fühlte und nach einem neuen Schutz suchte und das er vielleicht jagen konnte. Alles in dieser seltsamen Höhle wirkte starr und hart, und auch der Ausgang war versperrt. Eine Weile winselte er traurig vor sich hin. Allerdings änderte das nichts an seiner Situation – keine Wolfsmutter kam, um nach ihm zu sehen.

So blieb ihm nichts anderes übrig, als sich zusammengerollt an den Zweibeiner zu schmiegen, der sich auf den Boden gelegt hatte. In seiner Nähe fühlte sich der Welpe seltsam beschützt – beinahe so wie im Rudel. Sogar an seinen Geruch hatte er sich mittlerweile gewöhnt. Trotzdem war ihm dieses Wesen fremd, denn es gehörte nicht zu seiner Sippe. Seine Nähe beruhigte und beunruhigte Schwarzohr gleichzeitig.

Hier in diesem Bau erschien ihm alles eng, der offene Himmel fehlte und der Geruch nach Erde. Also kuschelte er sich dicht an das Geschöpf und beobachtete es eine Weile. Es hatte die Augen geschlossen und atmete regelmäßig, und als Schwarzohr es vorsichtig anstupste, kamen aus seiner Kehle leise Töne. Zwar wusste das Wölflein nicht viel mit diesen Lauten anzufangen, doch sie klangen besänftigend. Nichts deutete auf eine Gefahr hin. Also blinzelte Schwarzohr in die Dunkelheit und döste vor sich hin, wartete darauf, dass der Zweibeiner wieder erwachte und ihn von diesem Ort fortbrachte. Denn hier würde er nicht finden, wonach er suchte.

Als ihm die Augen schon ein paarmal zugefallen waren, hörte er aus der Ferne ein leises Geräusch, das ihm bekannt vorkam. Seine Ohren spitzten sich und drehten sich erst in die eine, dann in die andere Richtung. Und plötzlich war er wieder hellwach: Es klang wie das Geheul von Wölfen – klagend, rufend, suchend. Täuschte er sich? Spielten ihm seine Sinne einen Streich? Oder war das da draußen wirklich sein Rudel? War das seine Mutter? Schwarzohr sprang auf, reckte den Hals und starrte zu dem Schlitz hinauf, durch den er außer einem schmalen Streifen des schwarzen Himmels kaum etwas erkennen konnte. Weit, weit oben flimmerte ein kleines Licht.
Die Laute klangen dünn, hauchzart, wie vom Wind herübergeweht. Schwarzohr wollte antworten, winseln, laut heulen, und doch blieb er stumm, hörte zu und lauschte.
Dann war es plötzlich wieder still. Schwarzohr fühlte sich gefangen in dieser Stille. Er nahm Anlauf und sprang gegen das Hindernis, das ihn vom Draußen trennte. Aber es gab nicht nach. Er stieß sich nur die Schnauze und fing jetzt doch an zu jaulen, klagend und zornig. Der dumpfe Schmerz hielt ihn nicht davon ab, es noch einmal zu versuchen. Es gab einen Rumms, er fiel rückwärts, als würde er von einem unsichtbaren Gegner zurückgeschleudert.
Der Zweibeiner kam ein Stück hoch und stieß eine Art Zischen oder Fauchen aus. Diesen Ton kannte das Wölf-

lein noch nicht – er klang anders als die freundlichen Geräusche, die das Wesen sonst meist hervorbrachte. Auch wenn Schwarzohr nicht verstand, was die Laute bedeuten sollten, so spürte er doch die Wut, die ihm galt. Winselnd kniff er die Rute zwischen die Hinterbeine, machte sich klein und legte die Ohren an.
Die Pfote des Geschöpfes schwebte über ihm, dann ließ sie sich auf seinem Kopf nieder.
Schwarzohr duckte sich misstrauisch unter der Berührung. Er spürte den Druck, der sanft und stark zugleich war, der ihn zwingen wollte, sich hinzulegen und Ruhe zu geben. Schwarzohrs Muskeln spannten sich an, und er knurrte leise. Doch der Zweibeiner antwortete ihm mit den besänftigenden Tönen, die er inzwischen gut kannte. Schließlich fügte er sich und rollte sich zusammen.
Er fühlte sich erschöpft. Seine Stirn schmerzte. Die kühle Pfote, die immer noch auf seinem Schädel lag, beruhigte ihn eigenartigerweise etwas. Nur der Schlaf wollte nicht mehr zu ihm kommen.
Schwarzohr blieb wach, bis der Morgen graute.

HIMMEL GIBT ES ÜBERALL

Die Vögel zwitscherten schon laut, als Joki erwachte. Direkt vor ihm hockte der kleine Wolf und starrte ihn an. „Guten Morgen", murmelte Joki und rappelte sich auf. „Mir tun alle Knochen weh", beschwerte er sich. „So ein Bretterbett ist wirklich nicht zu empfehlen."
Er reckte und streckte sich und blickte nach oben in die Ecke, in der gestern die große Kreuzspinne gesessen hatte. Aber sie war weg.
Dafür entdeckte er jetzt überall Kratz- und Bissspuren, die wie ein komisches Tapetenmuster die Wände zierten. „Oje. Was war denn los mit dir? Konntest nicht schlafen?" Joki tätschelte den Welpen vorsichtig. Er war sich immer noch nicht sicher, ob das Tier das überhaupt mochte. Das Wölflein ließ es sich gnädig gefallen, doch irgendwie sah es nicht besonders glücklich aus. „Du hast bestimmt Hunger, was?"
Joki kramte eines der Aluschälchen aus dem Rucksack. „Hühnchen mit Gemüse. Klingt doch gut, oder?"
Eher lustlos schnupperte der Wolf eine Weile daran herum. Dann fraß er schließlich doch.
Als Joki die zweite Packung aufriss, diesmal ein Ragout mit Pute, Rind und Gemüse, drehte sein Gast allerdings den Kopf weg und schaute zur Luke hinauf. Sonnenstrahlen fielen durch den Spalt und glitzerten in seinen Augen. Er blinzelte und winselte leise.

„Ist okay, wir gehen ja gleich. Nur ... Irgendwie hab ich Hunger. Dachte eigentlich, ich hätte noch einen Müsliriegel ..."
Joki wühlte eine Weile im Rucksack herum. „Mist." Sein Blick fiel auf das Hundefutter, und er betrachtete es jetzt genauer. Kleine Fleischstückchen schwammen in einer wabbeligen Flüssigkeit.
„Sieht ein bisschen wie Kotze aus. Was meinst du, soll ich trotzdem mal probieren?"
Joki zögerte noch. Er erkannte zwei Erbsen und ein orangefarbenes Stückchen, das wohl Mohrrübe sein sollte. Misstrauisch beugte er sich über die Schale und schnupperte daran. Bei seiner Oma hatte er sich mal Schmalzfleisch aus der Dose aufs Brötchen geschmiert. Das hatte so ähnlich gerochen und gar nicht schlecht geschmeckt.
Langsam schob er den Zeigefinger in die weiche Masse. „Kalt", stellte er fest. „Und glibbrig." Dann zuckte er mit den Achseln und leckte den Finger ab. „Schmeckt nach ... nichts eigentlich. Wie Schulessen."
Der Wolfswelpe kam zu ihm und schnupperte an dem Fressnapf und seiner Hand herum. Dann schaute er Joki verwundert an.
„Du denkst wohl, ich hab den Verstand verloren, was?" Joki lachte.
Sein Bauch knurrte auf einmal vernehmlich. Vorsichtig fischte er ein kleines Bröckchen aus dem Futter und schob es in den Mund. Warum der Hund auf der Packung

so glücklich lächelte, konnte er sich nicht erklären. Es schmeckte einfach nur fad. Und auch etwas sandig. Vielleicht hatte der Hersteller das Salz mit Sand verwechselt? Jokis Zunge wollte das Stückchen wieder aus seinem Mund befördern. Aber er würgte es tapfer hinunter. Immerhin brauchte man kaum zu kauen. Das Fleisch war so zart, als hätten Hunde keine Zähne.

Vielleicht musste er sich ja nur vorstellen, dass er etwas Normales aß? Er dachte an die Buletten, die ihm seine Oma manchmal gebraten hatte. Die waren doch auch nichts anderes als zusammengemanschtes Fleisch – allerdings viel würziger, mit Salz und Pfeffer und Majoran. Und schön braun gebraten mit saftigen Zwiebeln; die ganze Küche duftete immer danach. Joki versuchte sich zu beeilen. Mit zwei Fingern löffelte er das Futter aus dem Schälchen, kaute, schluckte. „Garnichsoschlimmwiesaussieht", nuschelte er.

Als er alles aufgegessen hatte, spürte er einen Würgereiz. Aber Joki kämpfte dagegen an. Wenn er jetzt kotzte, wäre die ganze Mühe umsonst gewesen und sein Magen immer noch leer.

Der Welpe verzog das Gesicht. Es schien beinahe so, als würde er lachen.

„Findest du das lustig?" Joki wischte sich den Mund mit dem Ärmel ab. „Na, du musst es ja keinem erzählen, okay?"

Eine halbe Stunde später hockte Joki in der Böschung an der Autobahn, verborgen hinter einem mickrigen Busch, und hoffte, dass niemand sie sah. Den Wolfswelpen hatte er mit einiger Mühe in den Rucksack befördert und hielt ihn fest im Arm. Lastwagen donnerten vorbei. Manche Autos schossen so schnell heran wie Raketen.
Es half alles nichts. Joki musste warten, bis die Straße komplett leer war. Wenn er Pech hatte, konnte das Stunden dauern. Nervös kaute er auf der Unterlippe herum. Ihm war immer noch etwas übel. Und dass der Wolf alle paar Minuten versuchte, sich aus dem Rucksack zu befreien, zerrte noch mehr an seinen Nerven. Der Welpe wand sich und knurrte und strampelte mit den Beinen wie ein bockiges Kind.
Auf der Gegenfahrbahn war ebenfalls dichter Verkehr. Selbst wenn sie es schafften, die eine Seite zu überqueren: Wie sollten sie auf der schmalen grünen Grenze ausharren, ohne gesehen zu werden, bis sie auch dort hinüberkonnten?
„Es tut mir leid, dir das mitteilen zu müssen, aber das wird nichts", gab Joki zerknirscht zu. „Entweder wir werden überfahren oder erwischt. Und ich hab auf beides keine Lust."
Aber wie sollten sie nun hinübergelangen? Den Spuren nach zu urteilen, war das Wolfsrudel auf der anderen Seite und vermutlich längst im Wald abgetaucht.
Joki erhob sich und ließ den Blick noch einmal über den Asphalt wandern. Erst jetzt fiel ihm das Schild auf.

„Parkplatz 500 Meter", murmelte er. Prüfend warf er einen Blick auf den Wolf im Rucksack. Konnte er als Hund durchgehen? Bestimmte Arten sahen Wölfen doch ähnlich, oder? Sie mussten es versuchen. Vielleicht hatten sie ja Glück, und ein Zufall half ihnen weiter. Oder eine gute Geschichte ...

Als Erstes fragte Joki einen Lastwagenfahrer. Der Mann stand neben seinem LKW und holte gerade ein Sandwich aus einer Papiertüte.
„Entschuldigen Sie bitte", sagte Joki höflich. „Darf ich Sie etwas fragen?"
Der Mann reagierte nicht. Er schob sich das mit Salami, Käse, Schinken, Salat, Tomaten und Gurken beladene Baguette so weit in den Mund, dass er auch gar nichts sagen konnte, selbst wenn er gewollt hätte.
„Ich wollte mal höflichst fragen", redete Joki trotzdem weiter, „ob Sie so nett sein könnten, mich und meinen Hund auf die andere Seite zu bringen. Da wohnt meine Großmutter, sie wartet auf mich und den Kuchen und ... ähm ... Medikamente. Sie ist alt und krank, wissen Sie?"
Wenn er schon einen Wolf dabeihatte, konnte er auch eine Rotkäppchen-Geschichte erfinden, fand Joki.
Doch der Lkw-Fahrer interessierte sich offenbar nicht für kranke Großmütter. Mit erstaunlicher Geschwindigkeit aß er den Rest seines Sandwiches auf. Dann rülpste er – ziemlich laut, aber lange nicht so laut, wie Sanja das schaffte –, wischte sich die schmutzigen Hände an der

schmutzigen Jacke ab und kletterte in die Fahrerkabine. Joki blickte immer noch hoffnungsvoll, aber langsam auch zweifelnd zu ihm hinauf.

Vielleicht hatte der Mann ihn nicht bemerkt? Es gab Menschen, die mit offenen Augen schlafen konnten. Das hatte ihm jedenfalls Sanja mal erzählt.

Dann drehte der Fahrer sich doch noch einmal zu Joki um. „Nix verstehen", brummte er und schlug die Tür hinter sich zu.

Der Lkw fuhr davon, und Joki trat ein paar Schritte zurück auf die Wiese, die mit Hunderten Gänseblümchen übersät war. Eine dicke Frau in einem grellroten Kleid kroch aus einem Busch und stapfte über den Blütenteppich hinweg. Wahrscheinlich kam sie gerade vom Pinkeln und höchstwahrscheinlich hatte sie sich danach die Hände nicht gewaschen, aber Joki wollte jetzt nicht kleinlich sein.

Die Frau steuerte auf einen mausgrauen Wagen zu.

„Hallo!", rief Joki laut.

Er beeilte sich, zu ihr zu laufen und seine Geschichte von der kranken Oma zu erzählen.

Die Frau schaute ihn missbilligend an. „Bin ich Mutter Teresa?", fragte sie ihn.

Joki zuckte mit den Achseln. Woher sollte er das wissen?

„Haben Sie Kinder und heißen Teresa?", fragte er höflich. Wenn er nett zu ihr war, würde sie vielleicht auch nett zu ihm sein.

„Willst du mich verscheißern?" Die Frau stemmte ihre

Arme in die Hüften und warf einen misstrauischen Blick auf den Wolfswelpen. „Wo kommst du überhaupt her? Was machst du hier mit dem verlausten Köter? Wo sind deine Eltern?" Sie blickte sich suchend auf dem Parkplatz um.
Joki lächelte freundlich, obwohl die Fragen wie Mücken um ihn herumschwirrten. „Ich komme aus Groß Pieskow, wohne aber jetzt in Klein Pieskow. Meine Mutter wohnt da auch, zusammen mit Knut und Fienchen. Mein Vater lebt in Guatemala im Dschungel bei den Mayas. Mein ... ähm ... Hund hat keine Läuse. Und ich möchte zu meiner Oma. Sie wartet auf mich – da drüben auf der anderen Seite."
Abrupt drehte sie sich um, hielt ihre Hand wie einen Schirm über ihre Augen und schaute in die Richtung, in die er zeigte. „Ich seh keine Oma."
Joki seufzte. „Sie wohnt im Wald. In einem kleinen Häuschen."
„Ja, klar. Eins aus Pfefferkuchen?" Sie schüttelte den Kopf und stieg in ihr Mäuseauto. „Und hat sie auch einen Backofen?", fragte sie aus dem offenen Fenster. „Da wäre ich an deiner Stelle vorsichtig." Sie lachte laut über ihren eigenen Witz.
Das ist irgendwie das falsche Märchen, dachte Joki.
Klang seine Geschichte so unglaubwürdig? Aber er konnte ja schlecht erzählen, dass er ein Wolfsrudel suchte.
Joki winkte der Frau nach. Keinesfalls wollte er sich ent-

mutigen lassen. Wenn er freundlich und zuversichtlich blieb, blieben die Freundlichkeit und die Zuversicht auch in ihm.

Ratlos lief er Richtung Ausfahrt, hielt den gestreckten Daumen in den Wind und wartete. Joki war noch nie in seinem Leben getrampt, aber er hatte schon häufiger Anhalter am Straßenrand gesehen – allerdings noch keinen mit einem Tier im Gepäck.

Ein Auto nach dem anderen fuhr an ihm vorbei; eine Frau winkte ihm zu, ein Fahrer hupte und der nächste zeigte ihm einen Vogel.

Joki fragte sich langsam, was er falsch machte. Sein Lächeln fror allmählich ein und tat schon weh im Gesicht. Auch der Welpe wurde immer unruhiger. Joki nahm ihn auf den Arm, doch jetzt konnte er nicht mehr mit dem Daumen herumfuchteln. Und der Wolf schien von Minute zu Minute schwerer zu werden.

Schließlich ließ er sich auf die Wiese fallen und schaute in den blauen wolkenlosen Himmel, der ihm auf einmal so unendlich vorkam. Himmel gab es überall. Über China, über Grönland, über den Kängurus von Australien und über den Mayas von Guatemala. Irgendwie fühlte sich Joki allein unter diesem riesigen glasigen Blau. „Aber ich bin ja nicht allein", flüsterte er in das schwarze dreieckige Ohr hinein.

Plötzlich sprang der Wolf auf, und noch im selben Moment begriff Joki, dass es ein Fehler gewesen war, ihn loszulassen. Reifen quietschten, und eine Männerstimme

brüllte etwas. Erschrocken kam Joki hoch. Sein Herz pochte bis zum Hals, und er starrte auf einen kleinen bunten Bus und einen Mann, der einen Cowboyhut und eine Sonnenbrille trug.
Wo war der Wolf?

Witternd nahm das Rudel die Verfolgung auf. Der Rehbock war aus ihrem Blickfeld verschwunden. Doch die Wölfe rochen ihn. Die Mischung aus Angstschweiß und Blut, das aus einer kleinen Verletzung quoll.
Auf einer Lichtung hatten sie die Rehe aufgescheucht und sich an die Fersen des hinkenden Bocks geheftet. Er tauchte in den Wald, und die Bäume gaben ihm für eine Weile Deckung. Nur nützte ihm das nicht viel, eigentlich gar nichts. Der Wind verriet ihn. Er trug den Wölfen zu, wo das Tier sich in etwa befand.
Die unverletzten Rehe stoben auseinander und sprangen im rasanten Tempo davon. Die Wölfe beachteten sie nicht weiter. Sie konzentrierten sich ganz auf die ausgewählte Beute.
Auch der Bock nahm Anlauf und setzte zum Sprung in das Dickicht an, doch der Hinterlauf versagte ihm den Dienst. Hilflos blickte er den Flüchtenden nach. Ihm blieb nichts anderes übrig, als nach einem Versteck zu suchen.

Beinahe geduldig trabten die Wölfe dem verwundeten Tier hinterher, beschnupperten seine Fährten und kreisten es weitläufig ein. Abgesehen von ihrem Hunger gab es keinen Grund zur Eile.
Der Wolf und die Wölfin liefen nebeneinander, ohne dabei die Jungtiere und die gesamte Umgebung aus dem Blick zu verlieren.
Auf einem Ohr nichts zu hören, erwies sich für die Wölfin besonders bei der Jagd als hinderlich. Von Zeit zu Zeit fühlte sie einen Schwindel, als würde ein Vogelschwarm plötzlich vor ihr auffliegen und sie umkreisen. Schwarze Flecken flatterten direkt vor ihr, und sie musste ein paarmal blinzeln, damit sie verschwanden. Zunehmend verließ sie sich auf ihre Nase und die zahlreichen Gerüche des Waldes. Sie hielt sich dicht bei ihrem Gefährten, überließ ihm die Führung und kämpfte gegen die Schwäche an.
Ausdauernd zu laufen, gelang ihr mittlerweile wieder besser. Die Blutung war gestillt, und das Ohr schmerzte nur noch wenig. Doch die alte Kraft fehlte ihr. Nur die Entschlossenheit des Rudels und der Wille zu leben, zu überleben, ließen sie durchhalten.
Vor allem die Jungwölfe brauchten Nahrung. Sie wirkten hager, fast sehnig. Der Hunger lag glasig in ihren Blicken. Der Bock durfte ihnen nicht entkommen. Sie trieben ihn weiter in die Enge, zurrten den Kreis um die Beute fester, scheinbar gelassen und dabei doch hoch konzentriert.

Der Bock tänzelte verwirrt und verängstigt im Geäst, verfing sich schließlich im dichten Gestrüpp. Taumelnd versuchte er sich aus dem Unterholz zu befreien.
Unbeholfen stakste er auf seinen dünnen Beinen umher. Doch in seiner Panik verhedderte er sich immer mehr. Mit dem verletzten Hinterlauf blieb er in einem verästelten Wurzelgehölz hängen, wie in einer Falle. Doch er gab nicht auf. Mit dem Mut der Verzweiflung richtete er das Geweih gegen die sich nähernden Verfolger.
Für den Rüden wäre es jetzt ein Leichtes gewesen, die Beute anzufallen, zu Boden zu reißen und mit einem einzigen Biss in die Kehle die Jagd zu beenden. Doch er hielt sich zurück, verstellte dem Rehbock lediglich den Fluchtweg und überließ das Anschleichen den Jungtieren. Nervös und aufmerksam, an den Boden gedrückt, wagten sie sich Stück für Stück weiter vor. Auch wenn sie noch zu jung waren, um die Beute zu erlegen – so sollten sie doch Erfahrungen sammeln.
Auch die Wölfin beobachtete ihre Jungen. Sah ihre nervös zuckenden Ruten, die aufgestellten Ohren. Sah, wie sie das Wild fixierten und keinen Moment aus den Augen ließen.
Sie verharrte in ihrer Nähe, abwartend, jederzeit bereit, sich dazwischenzuwerfen, wenn es sein musste. Das Geweih eines Rehbocks, der Todesangst hatte, konnte einem jungen, unerfahrenen Wolf zum Verhängnis werden.
Doch die Jungtiere verhielten sich vorsichtig, kreisten

die Beute enger und enger ein, unterließen es jedoch anzugreifen.

Ohne ein Zeichen der Vorwarnung nahm der Wolfsvater plötzlich Anlauf, stieß sich mit aller Kraft vom Erdboden ab – beinahe sah es so aus, als würde er über den Busch fliegen. Dem Bock blieb nicht einmal Zeit, sich zu ducken oder dem Sprung auszuweichen – der Wolf brachte das strauchelnde Tier schon beim ersten Versuch zu Fall.

Die Jungen waren sofort zur Stelle und stürzten sich mit gierigem Knurren auf die Beute.

BULLIBOB

Erschrocken rannte Joki auf den knallbunten Minibus zu, der mit Blumen, Schmetterlingen und Papageien verziert war. „Wo ... wo ist er?", stammelte er.
Panisch raste er einmal um das Fahrzeug herum, doch der Wolf war nirgendwo zu sehen.
„Wieso nimmst du deinen Hund nicht an die Leine?", wollte der Mann wissen, der aus seinem Bus gestiegen war und seine verrutschte Sonnenbrille wieder auf die Nase schob.
Weil er kein Hund ist, dachte Joki. Doch statt zu antworten, warf er sich auf den Boden und starrte unter das Fahrzeug. Kein Welpe zu sehen.
Joki sprang hoch und sah zur Autobahn hinüber. Lkw reihte sich an Lkw. Als ein lautes Hupen ertönte, zuckte er zusammen. „Wenn er bloß nicht ..." Tränen schossen ihm plötzlich in die Augen. Sollte etwa alles umsonst gewesen sein?
Der Mann mit dem Cowboyhut stieß auf einmal ein tiefes, überraschtes Lachen aus. „Nun schau dir den an", sagte er amüsiert.
Joki folgte seinem Blick und konnte kaum glauben, was er sah: Der Wolf hockte auf dem Fahrersitz, direkt hinter dem Lenkrad, als wollte er gerade starten.
Ihm fiel ein Stein vom Herzen. Er wischte sich eine einzelne Träne von der Wange.

Ohne den Fahrer um Erlaubnis zu fragen, riss er die Tür auf und sprang in den Bus.
„He!", protestierte der Cowboy. „Das ist mein Bulli!"
Joki grinste entschuldigend und schnappte sich den kleinen Wolf. Dann rutschte er auf den Beifahrersitz.
„Er muss durch das Fenster gesprungen sein", meinte der Mann verwundert. Kopfschüttelnd ließ er sich hinter dem Lenkrad nieder und kurbelte die Scheibe hoch. „Sicher ist sicher. Wie heißt du eigentlich?"
Joki zögerte kurz. „Kilian", nuschelte er dann so undeutlich wie möglich. Wenn er seinen zweiten Vornamen nannte, war das immerhin nicht gelogen. Er hatte schon der unhöflichen Frau viel zu viel von sich verraten.
„Okay, und ich bin Bob. Freunde nennen mich auch Bullibob. Weil ich quasi mit meinem Bus hier verheiratet bin." Er klopfte gegen die Windschutzscheibe.
Joki nickte. Auch wenn er nicht ganz verstand, wie man mit einem Fahrzeug so etwas wie eine Ehe schließen konnte. „Ist der Bulli denn weiblich?", fragte er.
Bob lachte laut. „Da liegst du nicht ganz falsch. Manchmal nenn ich sie Elfriede. So hieß meine Urgroßmutter."
„Schöner Name für einen Bus", sagte Joki höflich.
Bullibob warf ihm einen amüsierten Blick zu. „Du gefällst mir, Junge. Und dein Hund da auch. Er hat ... was Besonderes. Sieht fast aus wie ein Wolf."
„Aber nur fast", sagte Joki schnell.
„Na, weiß nicht. Wenn er jetzt durch den Wald streifen würde, könnte man denken, er ist einer."

Joki schluckte. „Seine Vorfahren waren auf jeden Fall Wölfe", murmelte er dann. Auch das war nicht gelogen. Bob streckte vorsichtig die Hand nach dem Welpen aus. Doch das Tier bleckte die Zähne und knurrte ihn an.

„Siehst du?", meinte Bob und zog die Hand schnell zurück. „Er verhält sich wie ein Raubtier."

„Er ist noch ein bisschen jung. Und ... ähm ... nicht ... Wie sagt man? Erzogen."

„Ach, Erziehung wird total überbewertet. Bei Menschen wie bei Tieren. Wo wollt ihr beide eigentlich hin?"

Joki lächelte jetzt ein echtes Lächeln. „Einfach nur auf die andere Seite."

„Das ist ja nicht besonders weit." Bob klang beinahe enttäuscht.

Joki zuckte mit den Achseln. Hoffentlich musste er nicht wieder die Geschichte von der armen kranken Oma erzählen. Aus irgendeinem Grund mochte er Bob und wollte ihn nicht belügen.

„Nun ja, ich wollte sowieso von der Autobahn abfahren. Für Elfriede ist es hier viel zu stressig. Sie ist ja schon ein altes Mädchen."

„Soll das heißen, Sie fahren uns rüber?"

„Klaro. Was denn sonst?"

„Cool", sagte Joki. „Sie sind der erste nette Mensch, den ich heute treffe."

„Das beruht auf Gegenseitigkeit, Junge. Freut mich, dich kennenzulernen. Und du kannst ruhig du sagen. Wer ich bin, weißt du ja schon."

Bullibob nahm seinen Cowboyhut ab und deutete eine Verbeugung an. Ein kreisrunder Abdruck lag um seinen Kopf, als würde er noch einen zweiten, unsichtbaren Hut tragen.
„Freut mich auch, Sie kennenzulernen."
„Dich", verbesserte Bob. „Du sollst doch du sagen, sonst komme ich mir so offiziell vor."
„Offiziell?"
„Na, halt wie ein Schuldirektor oder ein Polizist oder ein Mitarbeiter vom Finanzamt."
Joki grinste ein bisschen verlegen.
Elfriede ratterte und schnaufte beim Losfahren. Der kleine Wolf hechelte. Joki summte *Freude schöner Götterfunken,* ein Lied, das er in der Schule gelernt hatte. Und Bob pfiff eine Melodie, die wie aus einem Western klang.
Schließlich schaltete er das Radio ein und drehte den Senderknopf erst in die eine, dann in die andere Richtung. „Mal sehen, ob wir noch eine anständige Mucke reinbekommen", brummte er.
Das Radio schien auch schon ein älteres Modell zu sein. Es knarrte und rauschte, und der Ton klang leicht verzerrt. Eine Blaskapelle spielte, ein Schlagersänger trötete von Herz und Schmerz, ein Radiosprecher sagte etwas von einem Jungen, der verschwunden war und gesucht wurde. „Der Vermisste ist zehn Jahre alt, bekleidet mit einer blauen Jeans und ..." Bullibob stellte den nächsten Sender ein.

Joki kaute auf seiner Unterlippe herum und warf Bob einen verstohlenen Blick zu.

„Na, wer sagt's denn. Johnny Cash! Magst du Johnny Cash?"

Joki nickte eifrig. „Geile Mucke."

Bullibob zeigte ihm anerkennend den Daumen. „Da hast du verdammt recht."

Joki hoffte nur, dass der Song lang genug dauerte und Bob nicht noch auf die Vermisstenmeldung zurückschaltete.

„**B**ist du sicher, dass du hier rauswillst, Junge?"

Sie standen am Waldrand, umgeben von Kiefern, Fichten und knorrigen alten Eichen, eher auf einer kleinen Lichtung als auf einem Parkplatz.

„Hier ist es genau richtig", behauptete Joki.

Bob starrte angestrengt durch die Windschutzscheibe. „Hier ist keine Menschenseele." In seiner Stimme schwang Sorge mit, und er betrachtete seinen Fahrgast verblüfft. Eine unausgesprochene Frage schwebte wie ein Luftballon über ihren Köpfen.

Joki holte tief Luft. Dann stieß er sie geräuschvoll wieder aus, ohne etwas zu sagen.

„Du musst es mir nicht erzählen, wenn du nicht willst. Ich hatte in deinem Alter auch so meine Geheimnisse. Aber versprich mir, dass du auf dich aufpasst, okay?"

„Okay. Und … danke."

„Ka Uh."

„Was?"
„Keine Ursache."
„Ach so." Joki lachte.
Bob griff nach seiner Hand, drückte sie fest und schüttelte sie eine Weile. „Ach, ehe ich's vergesse. Ich hab noch einen Fressbeutel für dich. Der ist zwar von gestern, aber alles noch essbar."
Er kramte eine Weile unter seinem Sitz herum und zog etwas hervor, das nach altem Käse und Salamibrot roch. Joki starrte auf das Fettfleckmuster der Papiertüte, die Bob ihm hinhielt. Augen, Schnauze, Ohren ... „Sieht irgendwie aus ..."
„Stimmt. Wie dein Hund", ergänzte Bob und zwinkerte ihm zu. „Oder wie ein Wolf."

Joki winkte Bullibob noch einmal zu, der ihm kopfschüttelnd nachsah, dann verließ er die Lichtung und tauchte in den Wald hinein.
Der Welpe rannte vor ihm her, im geschnürten Trab setzte er die Hinterpfoten in die Spur der Vorderpfoten. Und als wäre Joki ein Artgenosse, folgten seine Füße den Fährten des Wolfes.
Mittlerweile hatte sich Joki an das Laufen im Gehölz gewöhnt. Er erkannte sperrige Hindernisse rechtzeitig und wich ihnen aus, sprang federnd über Wurzeln und Baumstämme. Sein Sportlehrer, Herr Gumpert, hätte nicht schlecht gestaunt. War Joki beim Rundenrennen doch meist einer der Letzten aus seiner Klasse.

Auch wurde er von der Angst getrieben, er könnte den Wolf aus den Augen verlieren. Würde ihn der Welpe im Fall der Fälle vermissen und zu ihm zurückkehren? Davon sollte er besser nicht ausgehen. Ein Wolf war nun mal kein Hund, und niemand konnte ihn zähmen oder ihm Befehle erteilen.

Und noch eine andere Furcht saß Joki im Nacken: Sie suchten ihn! Alle Leute, die gerade dem Sprecher im Radio zugehört hatten, wussten jetzt, dass er, Johannes Kilian, genannt Joki, zehn Jahre alt, bekleidet mit ... Er betrachtete seine fleckige schmutzverkrustete Jeans. Wenigstens war die Farbe Blau nicht mehr zu erkennen. Doch vielleicht wurde sein Foto schon in den Nachrichten gesendet und bei Facebook gepostet. Es war eine Frage der Zeit, wann sie ihn fanden. Joki musste das Rudel aufspüren und den Welpen zu seiner Familie zurückbringen, bevor seine Verfolger ihn ausfindig machten!

Er bedauerte jetzt, dass er die Radiomeldung nicht vollständig gehört hatte. Sonst wüsste er, was sie wussten – und wo sie ihn vermuteten. Als ihm seine Mutter einfiel, sah er die Sorge in ihrem Gesicht, als würde sie vor ihm stehen. Heftig schüttelte er den Kopf, um das Bild schnell wieder loszuwerden. Aber so einfach ließ sich das schlechte Gewissen nicht vertreiben. Vielleicht hätte er sie anrufen sollen? Aber womit? Das Handy hatte er mit Absicht nicht mitgenommen. Handys konnte man orten. Um die Furcht ein wenig zu vertreiben, begann er zu summen und kam sich ein bisschen verrückt vor:

Er rannte durch den Wald einem Wolf hinterher und summte stoßweise, im Rhythmus seines keuchenden Atems, das Lied von Johnny Cash, das Bullibob so toll fand. „Geile Mucke, was?" Bei dem Gedanken an den Mann mit dem Cowboyhut lachte er.
Auf einmal flogen drei schwarze Aaskrähen mit lautem Gekrächze vom Boden auf. Joki nahm einen Fliegenschwarm wahr, der über einem Kadaver schwebte. Reste eines toten Tieres lagen auf einem Kiefernadelbett. Joki erkannte braunes Fell und ein kleines, spitzes Geweih, wahrscheinlich von einem Reh. Zögernd näherte er sich der Stelle. So genau wollte er lieber nicht hinsehen. Der glasige Blick des toten Tieres erschreckte ihn.
Der junge Wolf reagierte weniger schüchtern. Er lief auf die Insektenwolke zu und vertrieb sie. Im nächsten Augenblick sah Joki ihn auch schon fressen. Ein paar Happen waren wohl noch übrig.
Übrig?
Joki überwand seinen Widerwillen und schaute genauer hin: An den Knochen hingen noch Fetzen von rosafarbenem Fleisch.
Das konnte doch nur eins bedeuten: Die Wölfe mussten die Beute gerissen haben!
Als er den Boden absuchte, stieß er auf Pfotenabdrücke. Hier waren sie richtig.
Sie waren wieder auf der Spur des Rudels.

Mit vollen Mägen trabten sie ausdauernd und schnell durch den Wald.

Die Wölfin war die Einzige, die immer mal wieder ein Stück zurückblieb. Das hohe Tempo durchzuhalten, fiel ihr schwer. Doch da war auch noch etwas anderes, das sie dazu brachte, langsamer zu werden und sich umzudrehen. Die Luft war besonders im Sommer voller Gerüche. Die Ausdünstungen der Tiere mischten sich mit den Aromen der Blüten und Blumen. Einen speziellen, weit entfernten Geruch auszumachen war auch für geübte Nasen nicht einfach. Aber die Wölfin gab nicht auf. Immer wieder hob sie den Kopf und witterte nach dem vertrauten Duft, der ihr fehlte.

Seit sie ein Ohr eingebüßt hatte, schärften sich ihre anderen Sinne. So achtete sie mehr auf die Wesen, die schattengleich über den Waldboden huschten. Mal ein Fuchs, mal ein Dachs, mal ein Marder. Auch die Eichhörnchen, Mäuse und Eidechsen entgingen ihrem Blick nicht. Jede noch so kleine Bewegung nahm sie wahr. Sogar den Schmetterlingen, dem Zitronenfalter und dem Nachtpfauenauge, schaute sie hinterher. Sie folgte ihrem scheinbar ziellosen Flattern, als würde sie ein Stück mit ihnen fliegen.

Ihr ganzes Wesen war angespannt, auf dem Sprung. Sie lauerte – ohne zu wissen, worauf.

Wenn der Abstand zu groß wurde und sie zu weit zurückblieb, wartete das Rudel geduldig auf sie.
Solange keine Gefahr drohte oder der Hunger die Wölfe nicht antrieb, gab es keinen Grund zur Eile. In aller Ruhe suchten sie nach einem neuen Revier, nach einer Gegend, in der es ausreichend Wild gab.
Der Instinkt trieb sie dazu, stärker als sonst aufeinander zu achten. Es durfte nicht noch ein Familienmitglied verloren gehen.

Die Zweibeiner konnten gefährlich, konnten zu Feinden werden. Die Wölfe mussten ihnen aus dem Weg gehen. Doch es ließ sich kaum vermeiden, ihnen zu begegnen. Sie waren fast überall. Nur in den dichtesten Wäldern gab es sie selten, und sie tauchten dort oft nur vereinzelt auf. Die meisten von ihnen waren harmlos wie Rehe oder Hasen. Sie versteckten sich, wenn sie einen Wolf sahen, oder blieben wie erstarrt stehen. Aber es gab auch die Gefährlichen …

Es war wohl kein Zufall, dass die Wölfin als Erste den sich nähernden Menschen roch.
Der Geruch ließ die Angst wieder in ihr erwachen. Sie lief, so schnell sie konnte, zu ihrem Rudel, und diesmal ließ sie sich nicht auf die Begrüßungsrituale ein, verweigerte das Lecken der Schnauzen und setzte sich sofort an die Spitze der Gruppe.
In wilder Hatz jagten sie über eine moosige Fläche, auf der nur Büsche und kleine magere Birken wuchsen.

Die Sonne stand hoch und brannte auf die Tiere hinab. Es roch nach Wasser, ganz in der Nähe, und eigentlich war es Zeit für eine Pause, für ein Nickerchen, um Kräfte zu sammeln. Doch die erwachsenen Tiere zwangen die Jungen weiterzulaufen, fort von dem Zweibeiner und den säuselnden Tönen, mit denen er sich verständigte. Das Kläffen eines Hundes antwortete ihm. Mittlerweile waren die Laute deutlich zu hören. Nur die Wölfin nahm sie nicht wahr, sosehr sie ihr eines Ohr auch spitzte. Aber die Witterung hatte ihr genug offenbart. Diesen Hund roch sie nicht zum ersten Mal. Es war derselbe, der das hässlich laute Bellen ausgestoßen und sie damit verraten hatte, kurz bevor der unsichtbare Blitz in ihr Ohr einschlug. 🐾

VERIRRT

Joki und der Welpe durchquerten einen Kiefernwald, in dem es außer Kiefern nichts gab. Der Boden sah trocken und braun aus, fast wie im Herbst. Es war dunkel und schattig unter dem Nadeldach, aber irgendwie auch gespenstisch und manchmal auf eine gruselige Art still. Joki war sich nicht sicher, ob sie noch richtig waren. Spuren konnte er schon seit einer Weile nicht mehr erkennen. Er verließ sich ganz auf seinen Begleiter, der mal an diesem Baum, mal an jenem Grasbüschel schnupperte und schließlich der Fährte folgte, die für Joki unsichtbar war.
Nicht zum ersten Mal wünschte sich Joki, die Wesensarten eines Wolfes zu besitzen: seine Ausdauer, seine Kraft, seinen Geruchssinn und seine Fähigkeit, ganz leise oder weit entfernte Geräusche wahrzunehmen. Der Wolf schien ihm immer ein paar Schritte voraus zu sein. Dabei galt doch der Mensch als höchstentwickeltes Wesen auf diesem Planeten. Jedenfalls behaupteten das die Menschen.
Manchmal kam es Joki so vor, als würde er Gestalten zwischen den Bäumen hin und her huschen sehen. Doch wenn er stehen blieb und genauer hinschaute, sah er nur die nackten, hochgewachsenen Stämme. Trotz der sommerlichen Wärme fühlte er eine Gänsehaut auf dem Rücken, und er schüttelte sich, als wäre ihm kalt.

Jemand zupfte an seiner Kapuze, und er schrak zusammen. Als er sich umdrehte, bemerkte er den knochigen Arm eines Gerippes. Erst auf den zweiten Blick stellte er fest, dass es nur ein harmloser knorriger Zweig war. Joki riss sich los, und der Ast knarrte leise, als wollte er sich über die grobe Behandlung beschweren. In was für einen Gespensterwald war er hier geraten?

Eine Weile summte er vor sich hin – eine Melodie, die nach einem Kinderlied klang. Nach welchem? Joki hörte sich selbst zu und grinste flüchtig, als er es erkannte: *Hänschen klein ging allein in die weite Welt hinein ...* Doch dann brach er mittendrin ab. Er hatte doch nicht etwa Angst? Und wenn ja: Gab es einen Grund dafür? Jedenfalls keinen, der greifbar gewesen wäre, fand Joki.

Ihm fiel ein, dass er lange nichts mehr getrunken hatte. Er fummelte die Trinkflasche aus seinem Rucksack, doch er merkte schon an ihrem Gewicht, dass sie leer war. Mist! Trotzdem setzte er die Flasche an die Lippen, und der letzte Tropfen floss wie in Zeitlupe auf seine Zunge. Er ließ ihn eine Weile im Mund, als könnte daraus mehr werden, dann erst schluckte er und spürte, wie er durch seine Speiseröhre rann. Seitdem er das salzige Salamibrot von Bob heruntergeschlungen hatte, fühlte sich seine Kehle noch rauer an.

Wo sollte er jetzt Wasser herbekommen? Es war heiß und trocken, wahrscheinlich herrschte hohe Waldbrandgefahr, und nach Regen sah es auch nicht aus.

Wenn er zu den Wipfeln hinaufsah, über die Schäfchenwolken hinwegzogen, wurde ihm leicht schwindlig. Also konzentrierte er sich darauf, dem kleinen Wolf zu folgen. Weiter, immer weiter ...

Joki starrte die buschige Rute an, die ihm den Weg zu weisen schien. Keinesfalls durfte er sie aus den Augen verlieren. Sein Kopf fühlte sich merkwürdig heiß an. Er hörte ein permanentes Klopfen – es klang regelmäßig und energisch, als würde jemand dringend um Einlass bitten. „Herein", murmelte Joki, aber dann fiel ihm auf, dass es ja gar keine Tür gab. Befand sich das Pochen etwa zwischen seinen Schläfen? Oder gar nur in seiner Vorstellung? Doch das Geräusch wurde lauter, und als er den Blick hob, entdeckte er einen Buntspecht.

„Prima", rief er erleichtert.

Der Specht scherte sich nicht darum und trommelte mit seinem Schnabel weiter gegen den Baumstamm.

„Ich verliere also noch nicht den Verstand", teilte Joki dem Welpen mit.

Der Wolf sah sich kurz nach ihm um. Seine Augen wirkten jetzt golden und funkelten Joki an wie Wunderkerzen.

„Na ja, so ganz sicher bin ich mir nicht", gab Joki zu. „Ich glaub, ich brauch bald mal 'ne Pause und was zu trinken."

Seine Beine fühlten sich schon wie Gummi an.

Doch Joki wollte keine Zeit verlieren. Er lief weiter. Schritt für Schritt, Meter für Meter ... Längst hatte er die Orientierung verloren. Die Bäume sahen fast alle gleich aus. Sie standen gerade und stramm – wie Soldaten. Ab und zu entdeckte Joki einen vereinzelten Minibaum mit zerrupften oder angefressenen Blättern, der wie ein Zwerg zwischen Riesen stand. Und nach einer Weile fragte er sich, ob es nicht immer das gleiche Bäumchen war und sie im Kreis herumirrten.

Als er einen Ameisenhaufen sah, seufzte er erleichtert. Hier waren sie auf alle Fälle noch nicht vorbeigekommen. Das emsige Gewimmel wäre ihm garantiert aufgefallen. Erschöpft ließ er sich fallen. „Nur fünf Minuten", murmelte er. „Fünf Minuten ausruhen." Die Familie des kleinen Wolfes befand sich vielleicht noch in der Nähe, allerdings wusste er nicht, in welche Richtung sie laufen sollten.

Freundlich hob er die Hand und winkte, als würde er die Ameisen persönlich kennen. „Seid ihr schön fleißig? Liebe Grüße an die Königin", rief er ihnen zu. Seine Stimme klang viel zu laut zwischen den stummen Stämmen.

Er gähnte ein paarmal, streckte sich auf dem Moos aus und schaute in das Gekrabble hinein.

„Joki?", hörte er plötzlich eine hauchdünne Stimme. „Joki, bist du das?"

Beinahe wütend richtete er sich auf. „Ameisen können nicht reden!" Er starrte in den Haufen, als erwartete er, dass sie ihm widersprachen.

Doch dann bemerkte er etwas Rotes, das zwischen den Bäumen auftauchte. Es schien geradezu aus dem Boden zu schießen wie ein Fliegenpilz nach Regen.

Aber es war kein Pilz.
Es war ...
Auch das noch!
Rotkäppchen!
Und neben ihm lief die Großmutter.
„Joki!" Rotkäppchen winkte ihm zu.
Er schüttelte den Kopf, damit die Erscheinung verschwand, aber sie verschwand nicht. Sie kam näher ... und näher ...
„Sanja?" Das konnte doch nicht sein. „Ooomiii ...?"
Im nächsten Augenblick standen sie vor ihm: Sanja mit rotem Kapuzenshirt und seine Großmutter in einem Sommerkleid, das aus lauter warmen, duftenden Eierkuchen zusammengesetzt war.
„Was ... was wollt ihr denn hier?", stammelte er, und dann spürte er schon die Arme seiner Oma, die ihn fest umschlossen.
„Jokilein, was machst du nur für Sachen?" In ihrer Stimme lagen gleichzeitig ein Schluchzen und ein Lachen.
Er antwortete nicht. Stattdessen drückte er sie ganz fest und knabberte an ihrem Kleid herum. Den Kragen hatte er in kürzester Zeit aufgegessen, und der Geschmack von Eierkuchen, Zimt, Zucker und warmen Äpfeln machte sich in seinem Mund breit.
Ihm fiel der Wolf ein, der die Großmutter gefressen hatte, und auf einmal bekam er ein schlechtes Gewissen und ließ seine Oma los. Sie lächelte ihn an – so wie sie ihn immer anlächelte. Sollte er sich entschuldigen?

„Ich hab schrecklichen Durst", sagte er stattdessen.
Sanja zeigte auf drei dunkelbraune, wie Nacktschnecken glänzende Würstchen. „Das ist Wolfslosung", erklärte sie stolz. „Ganz frisch."
Es klang fast, als hätte sie die selbst fabriziert.
Joki schüttelte den Kopf. Sanja hatte ihn offenbar nicht richtig verstanden.
Er wollte etwas sagen, brachte aber keinen Ton heraus. In seiner Kehle kratzte es wie verrückt. „Ich muss echt mal was trinken", brachte er schließlich heiser hervor.
Seine Großmutter bemerkte jetzt, dass ihr Kragen fehlte und sie Löcher in ihrem Eierkuchenkleid hatte, aber sie lachte nur darüber. Und endlich ... endlich zog sie eine Flasche aus ihrem Korb.
Joki setzte zum Trinken an, doch schon beim ersten Schluck spürte er, dass etwas nicht stimmte, ganz und gar nicht stimmte. Sein Mund füllte sich mit Sand!

Joki schnappte nach Luft und riss die Augen weit auf.
Verdutzt blickte er sich um. Es war stockdunkel.
„Sanja?", flüsterte er. „Oma?"
Doch es blieb still.
„Wölflein?"
Joki hielt einen Augenblick den Atem an.
In einiger Entfernung raschelte es.
„Wer ist da?"
Niemand antwortete ihm.

Der kleine Wolf mochte keine Ameisen.
Eine ganze Weile war er hin und her gesprungen, um die Plagegeister abzuschütteln. Doch dann hatte er die Geduld verloren. Der Zweibeiner lag zusammengesunken da und rührte sich nicht. Vergeblich hatte der Welpe gewartet, ihn angestupst und wieder gewartet.
Etwas im Wald erweckte seine Aufmerksamkeit. Geräusche … Ein lockender Duft …
Mit einem übermütigen Satz sprang er über einen Baumstamm hinweg.
Der Wolf spürte die Kraft, die in ihm steckte, als er mit ausdauernden Schritten durch das unbekannte Territorium lief. Vielleicht fand er noch mehr zu fressen oder einen Bach, um seinen Durst zu stillen. Eine Zeit lang folgte er der Geruchsspur eines Rehes. Doch der Duft wurde nicht stärker, im Gegenteil, er verlor sich schließlich. Es schien schon eine ältere Fährte zu sein.
Als er plötzlich eine menschliche Stimme hörte, duckte er sich tief in den Busch hinein. Sein Nackenhaar sträubte sich vor Unbehagen. Er lag in einer Kuhle, die flach genug war, um schnell herauszukommen und zu flüchten – sollte sich der Fremdling ihm nähern. Doch er hielt sich in großem Abstand zu ihm auf, und die Laute, die er ausstieß, klangen leiser als das Krächzen der Krähen.
Der Zweibeiner, der mit ihm gelaufen war und jetzt

schlief, umsorgte und schützte ihn, wie er es zuvor nur von Mutter und Vater Wolf gekannt hatte. Es gab keinen Grund, knurrend und zähnefletschend aus dem Versteck zu springen, um den Fremdling zu vertreiben. Er wartete einfach ab und lauerte geduldig darauf, dass der Unbekannte wieder verschwand.

Mücken umsurrten ihn, aber er vermied es, den Kopf zu schütteln und sie zu verscheuchen. Keinesfalls wollte er die Aufmerksamkeit auf sich lenken. Die Zweibeiner waren anders als die anderen Tiere. Sie flogen nicht davon wie Vögel, wenn Gefahr drohte. Rollten sich nicht ein wie Igel, verschwanden nicht im Dunkel wie eine Maus. Sie taten so, als wären sie stark und unbesiegbar, obwohl sie weder lange Zähne noch Klauen und auch keine Stacheln besaßen. Nicht einmal knurren konnten sie richtig.

Es waren die seltsamsten Wesen, die der kleine Wolf in seinem jungen Leben kennengelernt hatte. Nur dem Zweibeiner, der ihn begleitete, vertraute er. Sein Gefährte verhielt sich beinahe selbst wie ein Wolf.

Schwarzohr hielt sich versteckt und versuchte, aus dem Busch heraus zu erkennen, was vor sich ging.

Da erklang ein Bellen, und der Wind trug ihm den Geruch des fremden Tieres zu. Der Wolf ließ seine Ohren spielen und lauschte misstrauisch. Dieses Gebell kam ihm irgendwie bekannt vor. Er hörte es nicht zum ersten Mal, und etwas Beunruhigendes ging von ihm aus. Auch wenn er sich an ein Aufeinandertreffen mit dem

Kläffer nicht erinnern konnte, so sträubte sich jetzt sein Fell, und ein Knurren stieg aus seiner Kehle.

Schwarzohr registrierte, dass der Fremde und das Tier sich entfernten, und auch das Bellen wurde nach und nach leiser. Dennoch blieb er noch eine Weile in seinem Versteck liegen. Nur die Mücken vertrieb er jetzt und schnappte wütend nach ihnen. Diese Plagegeister hatten ihn schon ein paarmal gestochen und es vor allem auf seine empfindliche Nase abgesehen. Es kitzelte und kribbelte, und er wurde das Jucken nicht los, sooft er auch den Kopf schüttelte.

Der Geruch nach Wasser lockte ihn schließlich aus der Mulde. Er nahm ein leises Plätschern wahr, obwohl es weit und breit kein Gewässer gab.

Er wusste, dass Zweibeiner die Macht besaßen, Wasser fließen zu lassen. Schwarzohr hatte seinen Durst schon gestillt, indem er gierig aus der warmen, haarlosen Pfote trank. Erst jetzt spürte er, wie groß sein Durst war, und er winselte leise und schlich vorsichtig geduckt auf das Plätschern zu. Als er sich näherte, nahm er eine Menschenbehausung wahr, und sein Fell sträubte sich. Seine Muskeln spannten sich an. Notfalls würde er sofort kehrtmachen und fliehen. Doch es war kein Zweibeiner zu hören oder zu sehen, und vor allem sagte ihm seine Nase, dass er nichts zu befürchten hatte.

Das Wasser tropfte aus einem glänzenden Ding und sammelte sich wie eine kleine Pfütze auf dem Boden, direkt vor seiner Schnauze. Schwarzohr scherte sich nicht

weiter darum, woher es stammte, schluckte und spürte die belebende Wirkung, die in seinen Körper strömte.
Er wollte mehr und mehr – und zu seiner Freude hörte das Tropfen nicht auf. Irgendwann hatte er genug und trat den Rückweg an.
Eine merkwürdige Angst jagte ihn auf einmal.
Instinktiv spürte er, dass sich etwas verändert hatte.
Die Spannung verschwand nicht aus seinem Körper, als fürchtete er von irgendwoher einen Angriff.
Die Gefahr lag in der Luft wie ein drohendes Gewitter, nur wusste der Wolf nicht, aus welcher Richtung sie kommen würde und worin sie überhaupt bestand.
Kaum hörbar, aus weiter Ferne vernahm er noch einmal das Bellen.
Es waren nicht die Laute, die ihm Angst machten. Das Tier selbst schien harmlos. Die Töne aus seiner Kehle klangen rau, heiser, fast kraftlos. Die Bedrohung musste von etwas anderem ausgehen. Schwarzohr fletschte die Zähne, doch das Unbekannte ließ sich nicht vertreiben. Unsichtbar lauerte es irgendwo da draußen …

DIE HÜTTE IM WALD

Joki vernahm die Geräusche um ihn herum wie eine Melodie: Ein Ast knackte, und ein morscher Baum knirschte, ab und zu pflückte der Wind einen Zapfen und ließ ihn fallen. Etwas raschelte ganz in seiner Nähe. Irgendein kleines Tier schien dicht an ihm vorbeizuhuschen. Schlaftrunken blinzelte er in die Dunkelheit. Er wollte doch eigentlich wach bleiben! Verärgert über sich selbst sprang er auf die Beine und schüttelte ein paar Ameisen ab. Leise rief er nach dem Wolf.
Joki spürte ein Brennen auf den Armen und Beinen, im Nacken und sogar am Hintern – überall da, wo die Ameisen ihn gebissen hatten –, doch er kümmerte sich nicht darum.
„Wo steckst du? Komm schon, komm zurück."
Die Nacht hing wie ein schwarzes Tuch über ihm. Kein bisschen Licht leuchtete vom Himmel, kein Mond und kein Stern. Es kam ihm vor, als hätte er noch immer die Lider geschlossen.
Wo war seine Taschenlampe? Sie musste irgendwo im Rucksack stecken.
Joki hockte sich hin und tastete über den Waldboden. Seine Finger fuhren über Moos, narbige Rinde, einen morschen Ast ... Eben hatte ihm der Rucksack doch noch als Kopfkissen gedient, oder? Er konnte gar nicht weg sein! Als er sich an etwas Spitzem pikte, zuckte er zurück.

Hatte ihn etwas gestochen? Ach was, eine Kiefernnadel, nichts weiter ...

Auf allen vieren krabbelte er jetzt umher. Direkt vor ihm lag ein kleiner Hügel. Der Ameisenhaufen! Also war er noch richtig. Als er das Kribbeln deutlicher fühlte – die ersten Ameisen schienen in seine Ärmel zu wandern –, erhob er sich schnell.

Eine Weile schüttelte er vorsichtshalber seine Hände aus und schlenkerte mit den Armen. Dann stand er da und lauschte.

Erst nach einer Weile wurde ihm klar, dass er der Stille lauschte. Kein Knistern, kein Knacken, kein Rascheln ... Irgendwo zirpte eine Grille.

Ein paar heftige Herzschläge lang kam es ihm so vor, als sei er der einzige Mensch im Universum.

Joki schluckte. Er dachte an seinen merkwürdigen Traum und sah seine Oma in ihrem komischen Eierkuchenkleid vor sich. „Wenn du dir etwas ganz ganz doll wünschst, Jokilein ...", murmelte sie.

Was dann?

Er schloss die Augen und stellte sich vor, dass es plötzlich hell wurde, Sonnenstrahlen ihn wärmten und der kleine Wolf zu ihm zurückgelaufen kam.

Als er die Augen öffnete, war es noch immer dunkel um ihn. Doch er spürte eine Berührung an der Hand. Mit warmer Zunge schleckte das Wölflein ihm die Finger ab.

„Da bist du ja wieder!" Joki lachte vor Erleichterung und umarmte das Tier.

Die Wolfsschnauze fühlte sich ganz nass an.
„Du hast was getrunken", stellte Joki fest. „Irgendwo in der Nähe gibt es also Wasser, ja?"

Keine halbe Stunde später begann es zu dämmern. Beim ersten Schimmer Licht hielt Joki nach seinem Rucksack Ausschau. Er war überhaupt nicht schwer zu finden und lag nur zwei Meter entfernt in einer Bodensenke. Zwar halb verborgen unter einem abgebrochenem Ast, als hätte er sich dort versteckt, aber Joki wunderte sich dennoch, dass er ihn zuvor nicht ertastet hatte. Seltsamerweise konnte er sich schon nicht mehr vorstellen, wie finster es eben noch gewesen war.
„So, und jetzt zeigst du mir, wo es das Wasser gibt!"
Der Wolf sah fragend zu ihm auf, als suchte er zu ergründen, was die Laute bedeuten sollten.
Joki streckte seine Zunge heraus und machte schlürfende Geräusche.
Doch der Wolf legte nur den Kopf schief und schleckte sich die restlichen Tropfen von der Schnauze.
Joki seufzte. „Na, es kann ja gar nicht weit weg sein, oder?"
Zum Glück hatte der Welpe ein paar brauchbare Spuren hinterlassen. Die Abdrücke im Sand erschienen ihm fast wie Wegweiser.
Joki versuchte sich einzuprägen, wo sie entlangliefen. Da ein Gesteinsbrocken, hier ein Baumstumpf, dort ein abgebrochener Ast, ein Busch mit roten Blüten, ein Strauch

mit Brombeeren, die noch grün waren, eine kleine Lichtung, auf der Farn wuchs ...
Der Wolf trabte neben ihm her, und etwa nach einer Stunde stießen sie auf die Hütte im Wald.
Joki blieb wie angewurzelt stehen, als er sie erblickte. Gern hätte er einen Bogen um das Blockhaus gemacht, doch sofort entdeckte er auch den Wasserhahn, der aus einem Balken an der Wand ragte. Fast kam es ihm vor, als könnte er die Tropfen hören – obwohl das gar nicht sein konnte. Sie waren doch noch viel zu weit entfernt!
Platsch, platsch, platsch ...
Geduckt schlich sich Joki näher heran. Verbarg sich hinter einem Baumstamm und starrte zu der Hütte hinüber. Nichts bewegte sich dort. Das Wölflein hielt sich dicht an seiner Seite. Spürte es Jokis Unruhe? Wenn sich nun jemand dort aufhielt, der ihnen gefährlich werden konnte? Ein Jäger vielleicht, der auf den ersten Blick erkennen würde, mit was für einem Tier er es zu tun hatte?
Platsch, platsch, platsch ...
Es kam ihm vor, als würden die Tropfen hell leuchten. Die ersten Sonnenstrahlen des Tages schienen sich in ihnen zu sammeln. Sogar die rostige Wasserleitung glänzte.
Joki vergaß seine Vorsicht und preschte vorwärts.
Er musste es einfach wagen. Er musste endlich etwas trinken!
Hastig, mit zitternden Händen, drehte er den Hahn auf. Das Wasser schmeckte leicht metallisch, doch das störte ihn nicht im Geringsten. Es kam ihm köstlicher vor als

alles, was er bis dahin getrunken hatte. Viel erfrischender als Cola oder der leicht säuerliche Apfelsaft seiner Großmutter! Er fing das Wasser mit beiden Händen auf und schlürfte so hastig, dass er sich zweimal verschluckte.
Dann hielt er Kopf und Hals unter den Strahl und wusch sich Haare und Gesicht und kühlte die Ameisenbisse. Zu guter Letzt füllte er seine Flasche bis zum Rand und schraubte sie sorgfältig zu.
Und nun nichts wie weg!
Doch als er noch einen Blick die Treppe hinauf warf, sah er, dass die Tür halb offen stand.
Das kam ihm merkwürdig vor und weckte gleichzeitig seine Neugier. Es konnte bestimmt nicht schaden, einmal kurz hineinzuschauen, oder? Vielleicht fand er auch eine Kleinigkeit zu essen ... Etwas Brot vielleicht? Wenn er sich nur eine Scheibe abschnitt, würde das wohl niemandem auffallen ...
Den kleinen Wolf, der ihm gerade wie eine Katze um die Beine strich, schnappte er sich kurzerhand und verbarg ihn halb unter seiner Jacke. Merkwürdig, dass sich der Welpe nicht wie sonst wehrte. Irgendetwas schien ihn zu beunruhigen. Ein Geruch? Ein Geräusch?
Die Bretter knarrten unter Jokis Füßen, als er auf die Veranda trat. Die Hütte wirkte alt und verwunschen.
„Hallo", rief er etwas heiser und räusperte sich. „Hallo, ist hier jemand?"
Es blieb still.

Vorsichtig schob sich Joki in die Hütte hinein. Der Raum, den er betrat, schien Küche und Wohnzimmer in einem zu sein. Mit nervösen Blicken streifte er das spärliche Mobiliar: ein marodes durchgesessenes Sofa, aus dem an einer Stelle Sprungfedern hervorstachen wie Krallen, ein schwarzer zerkratzter Tisch, ein Regal mit einem blutroten Vorhang, ein Minikühlschrank und eine Herdplatte mit einem einzelnen Kochfeld. Es gab noch eine zweite Tür, an der ein ovales Schild hing: Ein kleines Mädchen mit roter Schleife saß auf einem Pinkelpott. Wenn die Hexe aus dem Märchen hier lebte, war sie also entweder gerade spazieren, oder sie saß auf dem Klo.
Joki lauschte einen Moment an der Toilettentür, dann klopfte er höflich an. Nichts rührte sich. Also hockte da drin keine Hexe. Oder sie besaß einen MP3-Player und hörte gerade das Hänsel-und-Gretel-Lied. Ein Kichern stieg aus seiner Kehle, als er sich das vorstellte. Dann nutzte er die Gelegenheit und ging pinkeln. Nach der Zeit im Wald kam ihm die Toilette wie purer Luxus vor. Es gab sogar Klopapier! Artig wusch er sich die Hände mit einer chemisch duftenden Seife.
Anschließend sah sich Joki nach etwas Essbarem um. Brot konnte er nirgendwo entdecken. In einem Weidenkorb lagen ein paar verschrumpelte Äpfel, in einer Kiste waren Nüsse. Erwartungsvoll riss er den Kühlschrank auf – doch der war leer, das Licht ausgeschaltet.
Joki aß einen Apfel und knackte drei Walnüsse. Dann nahm er noch einen Apfel.

Kauend warf er sich auf das fleckige Sofa und angelte nach der Zeitung auf dem Tisch.
Ein Schreck durchfuhr ihn, als er auf der Seite sich selbst erblickte. Das Foto kannte er: Seine Oma hatte es an seinem Geburtstag von ihm geknipst. Er grinste in die Kamera, und die zehn Kerzen, die er auspusten sollte, spiegelten sich noch in seinen Augen, so jedenfalls schien es ihm.
Gesucht wird Johannes Kilian, zehn Jahre alt, bekleidet mit ...
Joki überflog den Text, der im Wesentlichen der gleiche war, den er im Radio schon gehört hatte.
Sachdienliche Hinweise nimmt jede Polizeidienststelle entgegen.
Einen Moment vergaß Joki, richtig zu kauen, verschluckte sich und hustete und hustete, bis ihm das Stück Schale wieder aus der Kehle rutschte.
Der kleine Wolf starrte ihn an und knurrte besorgt.
„Oh verdammt", murmelte Joki und ließ die Zeitung auf den Boden fallen.
Erst jetzt bemerkte er, dass auf dem Tisch ein Handy lag.
„Komisch, sieht ja aus wie meins."
Verwundert nahm er es in die Hand und schaltete es ein. Es funktionierte. Nur sollte er jetzt die PIN eingeben, um die Sperre aufzuheben.
Joki überlegte kurz. Immerhin hatte er drei Versuche, da konnte er ja auch mal seine eigene Geheimzahl auspro-

bieren. Zaghaft tippte er auf die vier Ziffern und nach einem kurzen Zögern auf Okay.

Das Menü erschien und das Hintergrundbild, das Sanja ihm eingestellt hatte: zwei Delfine, die in türkisblauem Wasser schwammen und ihn angrinsten.

Verwirrt sprang Joki auf. „Was läuft hier?"

Sein erster Impuls war, die Hütte sofort zu verlassen. Doch er zwang sich, ruhig zu bleiben.

Das Handy vibrierte leicht in seiner Hand. Er hatte drei SMS bekommen.

Die erste Nachricht stammte von seiner Mutter: *Joki, wo steckst du? Geht es dir gut? Melde dich bitte sofort, wenn du das liest. Alle machen sich Sorgen! Komm bitte nach Hause! Tausend Küsse, Deine Mama.*

Die zweite kam von Knut: *Joki, wenn du das liest, ruf mich umgehend an. Ich bin mit Bella auf der Suche nach dir. Mach keinen Unsinn, Junge. Meine Nummer findest du oben. Einfach auf den kleinen Telefonhörer tippen! Dann verhalte dich ruhig und bleib, wo du bist.*

Die letzte SMS war auch die kürzeste: *Ruf mal bei deiner Oma an. Ich warte. S.*

Joki spürte ein Würgen im Hals. Sogar der Hunger war ihm vergangen. Den Apfelrest hielt er dem kleinen Wolf hin, der erst an dem Stückchen schnupperte und es dann mit einem Bissen fraß.

Am liebsten wäre Joki sofort aus der Hütte gestürmt. Doch er zwang sich zur Ruhe.

Behalt die Nerven. Denk nach.

Was sollte er jetzt tun?
Nun gut, er wurde gesucht, das wusste er ja schon. Aber Knut und Bella schienen ihm auf die Spur gekommen zu sein. Sie konnten jeden Moment hier auftauchen!
„Wir müssen weiter", murmelte Joki dem kleinen Wolf ins Ohr. „Wir müssen so schnell wie möglich dein Rudel finden!"
Er beschloss, niemanden anzurufen und das Handy liegen zu lassen. Schnell stopfte er drei Äpfel und ein paar Nüsse in seinen Rucksack. Dann schob er den Vorhang vor den Fächern des Regals beiseite und entdeckte zu seiner Überraschung eine Tüte Zwieback.
Ein Lächeln huschte über sein Gesicht. Zwieback! Das war fast so gut wie Brot. Sogar besser. Zwieback wurde nicht hart, weil er ja schon hart war, hart und knusprig. Und er würde nicht schimmeln.
Gerade als Joki die Hütte verlassen wollte, ließ ihn ein ohrenbetäubendes Geräusch zusammenfahren. Das Telefon. Joki zögerte. Er konnte ja mal einen Blick riskieren, wer ihn anrief.
Oma, las er auf dem Display und schüttelte den Kopf. Sie würde sich nur unnötig aufregen. Dann fiel ihm die kurze SMS ein. S. konnte niemand anderes als Sanja sein.
„Hallo?", fragte er – vorsichtshalber mit verstellter Stimme. „Wer ist da?"
„Ich bin's", sagte Sanja. „Joki? Bist du das? Wieso sprichst du so komisch? Wo bist du die ganze Zeit gewesen? Warum hast du dich nicht gemeldet? Was hast du vor?"

„Leider hab ich keine Zeit für Erklärungen", murmelte Joki bloß.

„Ich auch nicht." Sanja seufzte. „Okay, ich mach es ganz kurz, ja? Er ist hinter dir her. Knut. Und er hat Bella dabei. Und sie haben Spuren gefunden – von dir und einem ... Wolf. Jedenfalls hat er das deiner Mutter erzählt, die ganz aus dem Häuschen ist. Allerdings nicht vor Freude, wie du dir ja denken kannst."

Joki fühlte jäh ein schlechtes Gewissen in sich aufsteigen. „Sie soll sich keine Sorgen machen, mir geht es gut", knurrte er. Dann erst drang in sein Bewusstsein, was Sanja gerade gesagt hatte, und ihm kam plötzlich eine Idee. „Kannst du Knut nicht in die falsche Richtung schicken?", fragte er hastig.

„Wie denn?"

„Du könntest ihn anrufen und sagen, ihr hättet einen anonymen Hinweis erhalten, dass ich gesehen worden bin. Du kannst ihn zum Beispiel an eine Raststätte oder ins nächste Dorf schicken."

Sanja schwieg einen Moment. „Du bist doch nicht in Gefahr, oder?", fragte sie schließlich. „Wieso kommst du nicht nach Hause?"

„Ich muss den Welpen zu seinem Rudel bringen", erklärte Joki. „Ich erzähle dir später alles. Hilfst du mir?"

„Klar. Wir sind doch Freunde." Besonders zuversichtlich klang Sanjas Stimme nicht, aber darauf konnte er jetzt keine Rücksicht nehmen.

„Prima! Ich verlass mich drauf."

„Wo steckst du eigentlich? In der Wanderhütte, von der Knut erzählt hat?"

„Ja. Er hat mein Handy hergebracht. Woher weiß Knut, wo er suchen muss?"

„Es gab eine Meldung im Radio, und danach hat eine Frau bei euch zu Hause angerufen und gesagt, sie hätte dich an einem Parkplatz an der Autobahn gesehen und dass du auf die andere Seite und in den Wald wolltest. Knut ist gleich los und wollte nicht auf die Polizei warten. Deine Spuren sind übrigens recht auffällig, hat er erzählt, um deine Mutter zu beruhigen."

Joki schluckte. Daran hatte er gar nicht gedacht. Er kam sich blöd vor. „Ähm ... Wie verwischt man denn ... ähm ... Fußabdrücke?"

„Na, zum Beispiel, indem man falsche Fährten legt." Sanja kicherte. „Und das werde ich gleich mal tun, du Wolfsretter. Also ... Pass auf dich auf, Joki!"

„Mach ich", murmelte er gedankenverloren.

Würde Knut auf so einen simplen Trick reinfallen? Doch bevor er noch etwas sagen und sich bei Sanja bedanken konnte, hatte sie schon aufgelegt.

Einen Augenblick lang starrte er das Handy ratlos an. Dann schob er es in die kleine, verschließbare Plastiktüte, die auf dem Tisch lag und als Hülle diente, und steckte sie in seinen Rucksack.

Nervös vor sich hin summend – diesmal war es *Ein Männlein steht im Walde* – verließ er die Hütte.

🐾 🐾 Sie gingen den Weg zurück, den sie gekommen waren. Schwarzohr hielt die Nase dicht über dem Boden und suchte nach der Spur des Rudels. Sie liefen jetzt schneller, und der Zweibeiner blickte sich immer wieder um und machte ungeduldige Geräusche mit dem Mund. Sie waren beide nervös. Doch Schwarzohr verstand nicht, woher diese Unruhe kam.

Als er über einen Busch sprang, landete er auf einem dornigen Zweig und jaulte laut und anhaltend. Der Dorn hatte sich mitten in seine Pfote gebohrt. Er konnte keinen Schritt weiter.

Der Zweibeiner hockte sich zu ihm und zog den Stachel mit einem einzigen Ruck aus der Pfote. Er ließ etwas Speichel auf die Wunde tropfen. Dann spürte Schwarzohr die Berührung zwischen den Ohren. Nie wusste er, was sie zu bedeuten hatte. Aber er ließ sie sich gefallen. Sie kam ihm diesmal sogar angenehm vor und verscheuchte etwas die Angst.

Der Schmerz verzog sich beinahe so schnell, wie er gekommen war. Und als Schwarzohr eine Duftspur an einer Kiefer fand, vergaß er die kleine Verwundung im Nu. Er stoppte in seinem Lauf, umrundete den Baum, schob die Schnauze dicht an den Stamm und schnupperte eingehend. Die Rinde roch nach Harz und klebte, aber unter diesem Geruch lag etwas anderes, lag der Duft seiner Mutter.

Der Zweibeiner kam zu ihm, betrachtete den Baum, und schließlich beugte er sich hinunter und pflückte mit seiner nackten Menschenpfote etwas von der Borke: einen fussligen Fetzen Fell.

Schwarzohr winselte aufgeregt, und auch der Zweibeiner stieß seine Töne aus, die das Tier nicht verstand, die aber wohltuend klangen. Mit kurzem Geheul rief der kleine Wolf nach seinem Rudel, hob den Kopf und lauschte eine Weile. Dann konzentrierte er sich auf den Geruch der Wölfin und folgte ihrer Spur.

WOLFSSEELE

Joki kaute auf seiner Unterlippe herum und marschierte entschlossen über den Teppich aus Kiefernnadeln. Knut war also hinter ihm her. Was immer das zu bedeuten hatte, so auf jeden Fall nichts Gutes.
Trug er eine Waffe bei sich?
Wieso war Joki nicht darauf gekommen, Sanja danach zu fragen? Vielleicht hätte sie es ihm ja sagen können. Ein paar Minuten lang ärgerte sich Joki über sich selbst. Beinahe verbissen stapfte er dem Wolf hinterher, der immer schneller wurde, seit er der Spur des Rudels wieder folgte. Dabei war es noch gar nicht so lange her, dass der Welpe sich einen ziemlich langen, spitzen Dorn eingetreten und Joki ihn entfernt hatte.
„Bestimmt schleppt er sein Gewehr mit sich rum, schließlich ist er Jäger", sagte er zu sich selbst.
Wölfe standen unter Naturschutz, und es war verboten, auf sie zu schießen. Doch Knut schien das nicht sonderlich ernst zu nehmen. Er hatte auf die Wölfin gefeuert und sie, wie es aussah, verletzt. Jokis Herz krampfte sich zusammen, wenn er daran dachte.
Wie sollte er den kleinen Wolf schützen? Brachte er ihn nicht eher in Gefahr, wenn er noch länger bei ihm blieb? Schließlich suchte Knut nach Joki und nicht nach dem Tier.
Automatisch wurden seine Schritte langsamer.

Doch als er zurückblieb, kam der Welpe angelaufen, umrundete ihn mit wilden Sprüngen und warf ihm funkelnde Blicke zu, die wie eine Aufforderung wirkten.
Joki starrte ihn wie hypnotisiert an. Diese Augen hatten wirklich etwas Magisches. Sie schienen ihn zu durchleuchten und in sein Inneres zu sehen. Und was mochten sie dort entdecken? Die Zweifel, die plötzlich an ihm nagten? War der Weg, den Joki ging, wirklich der richtige? Vielleicht wäre es ja besser, den Wolf ziehen zu lassen? Allein fand er womöglich schneller zu seinem Rudel. Doch die Ungewissheit würde Joki zu sehr quälen. Es konnte ihm alles Mögliche passieren. Was, wenn das Wölflein sich schwer verletzte, sich einen Knochen brach oder von einem wilden Keiler angegriffen wurde? Joki fühlte sich von Stunde zu Stunde mehr mit dem Wolf verbunden. Der Drang, ihn zu schützen, trieb ihn an und gab ihm Kraft. Er wollte nicht aufgeben, ehe der Kleine in Sicherheit war – und bei seiner Familie, dort, wo er hingehörte. Aufgeben war nichts anderes als Feigheit. Und aufgeben gar kurz vor dem Ziel kam für ihn erst recht nicht in Frage.
„Das wäre doch total bescheuert", murrte Joki. „Stimmt's?"
Die Rute wedelte vor ihm her, und Joki gab sich einen Ruck und folgte ihr im Dauerlauf.
Wenn der Wolf über einen Ast sprang, sprang Joki auch. Schlüpfte das Tier durch ein Gebüsch, tat Joki es ihm nach. Setzte der Welpe über eine Wildschweinsuhle, nahm Joki Anlauf und flog darüber hinweg.

Auf diese Art kamen sie gut voran. Joki stolperte kein einziges Mal, rutschte nicht aus, blieb an keinem Ast hängen und fiel auch nicht mehr zurück. Es kam ihm fast vor, als würde der Wolf ihn an einem unsichtbaren Faden mit sich ziehen.

Er musste daran denken, dass er im Sportunterricht beim Joggen stets einer der Letzten gewesen war. Das Rundenrennen lag ihm nicht. Es kam ihm sinnlos vor, sich im Kreis zu bewegen – so ohne Ziel und nur weil ihr Sportlehrer in eine Pfeife blies.

Hier war das etwas anderes. Hier im Wald folgte er einem Wolf und dessen Instinkt zu überleben. Das Laufen ging Joki in Fleisch und Blut über, und er dachte nicht mehr darüber nach.

Ein Teil von ihm bewegte sich mittlerweile selbst auf vier Pfoten – wenigstens in seiner Vorstellung. Ein Teil von ihm schlug sich wie ein geschmeidiges Tier durch das Buschwerk. Ein Teil von ihm wurde zum Wolf.

Er achtete kaum noch auf seine Umgebung, sondern nur darauf, den kleinen Wolf nicht aus den Augen zu verlieren.

Erst nach einer ganzen Weile – er hätte nicht sagen können, wie viel Zeit vergangen war –, hob er den Kopf und stellte überrascht fest, dass die Landschaft sich wieder verändert hatte.

Alles sah viel grüner und lebendiger aus. Eine dicke Moosschicht lag über der Erde, und gelbe Blumen leuchteten ihnen entgegen. Sie liefen durch Farne und buschige Grä-

ser, die Joki bis zur Hüfte reichten, auf einen Birkenwald zu. Die Sonne prallte ungehindert auf sie herab. Da war kein Schatten mehr, der sie schützte. Der Wolf hechelte hörbar. Und auch Joki keuchte. Ein modrig feuchter Geruch lag in der Luft, und schillernde Libellen schwebten an ihnen vorbei. Gab es hier irgendwo einen Teich oder einen See? Beeilte sich der Welpe so, weil er Durst hatte und Wasser witterte?
Das Gras unter Jokis Füßen federte seltsam. Jeder Schritt erzeugte ein leises Schmatzen.
Seine Schuhe wurden nass, und die Feuchtigkeit drang allmählich durch das Kunstleder.
Kurz bevor sie den Birkenwald erreichten, bemerkte er den Graben vor ihnen. Er war fast völlig von Pflanzen überwuchert.
Der Wolf setzte mit Leichtigkeit über das Hindernis hinweg, und wie es aussah, würde Joki nichts anderes übrig bleiben, als hinterherzuspringen. Er zögerte und starrte in den Graben zwischen Wiese und Wald hinab. Er konnte eine bräunlich trübe Flüssigkeit erkennen. Brackiges, etwas übel riechendes Wasser. Nichts Besonderes also. Joki musste einfach nur drüberhechten. Doch ein mulmiges Gefühl beschlich ihn und hielt ihn davon ab. Er versuchte zu erkunden, wie weit es hinabging. Aber das war praktisch unmöglich.
Grasbüschel lagen über dem Graben wie eine Decke, die an einigen Stellen Löcher hatte. In kleinen Pfützen fing sich das Sonnenlicht. Die Grube sah nicht besonders tief

aus, dennoch kam sie ihm wie ein Schlund aus einem Horrorfilm vor – etwas Unheimliches schien da unten zu lauern.

Joki schüttelte den Kopf. „Ach, Quatsch!" Er probierte es mit einem Grinsen, aber es verrutschte irgendwie.

Der Wolf war ein Stück vorausgelaufen, und als Joki nicht folgte, blieb er stehen und drehte sich zu ihm um. Selbst aus der Entfernung konnte Joki erkennen, dass das Fell des Welpen sich sträubte und er unruhig wirkte. Er winselte, und das Jaulen mischte sich mit einem anderen Geräusch, das zwar leise klang und weit entfernt, aber doch klar und deutlich: Hundegebell!

„Verdammt!", fluchte Joki. Es war höchste Zeit. Höchste Zeit, von hier zu verschwinden.

Hektisch nahm er Anlauf und versuchte sich mit Kraft vom Boden abzustoßen. Doch die Erde unter dem Moos war weich und matschig und bot seinen Füßen kaum Halt. Noch während er sprang, merkte er, dass der Graben viel breiter war, als es den Anschein gehabt hatte. Joki schaffte es gerade so hinüberzukommen, als plötzlich der Pflanzenteppich unter ihm nachgab. Er rutschte ab! Joki wollte um Hilfe schreien, aber nur ein komisch quietschender Laut kam aus seiner Kehle. Panisch griff er nach den Grasbüscheln vor seiner Nase, einen kurzen Augenblick konnte er sich festhalten, dann riss er sie mitsamt der Erde aus und versank bis zum Bauchnabel in einer schlammigen Brühe. Sofort versuchte er sich freizustrampeln. Doch je mehr er seine Beine bewegte,

umso tiefer sackte er ab. Also verhielt er sich still und überlegte, wie er sich befreien konnte.
Ihm fiel nichts ein.
Er blieb im Morast stecken, und es fühlte sich an, als wenn ihn jemand von unten festhalten würde.
Um ihn herum gluckerte und blubberte es leise. Joki spürte, wie er Zentimeter für Zentimeter hinabgezogen wurde. Das Wasser war gar kein Wasser, sondern eine schleimige Modderpampe.
„Ich glaub, ich steck in der Scheiße." Joki schnaubte, aber nach einem Lachen klang es nicht.
Der Wolf näherte sich ihm langsam. Erst jetzt sah Joki, dass auch das Tier bis zu den Knöcheln im Schlamm watete.
„Bleib lieber, wo du bist." Joki hob beide Hände und bewegte die Arme wild hin und her. Er hoffte, dass der Welpe ihn verstand. Zum Glück war er nicht so schwer wie Joki, und die sumpfige Wiese, auf der er sich befand, schien ihn nicht einzusaugen.
Tatsächlich zog der Welpe sich ein Stück zurück, blieb dann abwartend zwischen einer Baumgruppe stehen.
Langsam begriff Joki, wo sie gelandet waren. Die Spur der Wölfe hatte sie direkt ins Moor geführt. „Ganz schön clever", überlegte er laut. „Deine Familie wird hier geschützt sein. Kein Mensch geht freiwillig in diesen Morast."
Und niemand wird mich hier finden, dachte er. Ich werde als Moorleiche enden.
Er suchte das Ufer nach Wurzeln ab, nach irgendetwas,

an dem er sich festhalten und herausziehen konnte. Doch da waren nur Gräser und dürre Sträucher und Matsch.
Dann vernahm er wieder das heisere Kläffen in der Ferne, und er war sich fast sicher, dass er Bella hörte. Und da, wo sie sich befand, musste auch Knut sein. Einen Moment wusste er nicht, ob er sich wünschen oder davor fürchten sollte, dass sie ihn entdeckten.
Nein, die Hündin und Knut durften ihn nicht aufspüren. Joki hatte eine Aufgabe zu erfüllen, eine Mission. Irgendwie musste er sich selbst aus dem Sumpf ziehen, wie es in dem Sprichwort so schön hieß. Doch wie?
Hilflos blickte er zu dem Wolf hinüber, besser gesagt zu der Stelle zwischen den Birken, an der er sich eben noch befunden hatte. Doch er war nicht mehr da.
Joki tastete die Gegend wieder und wieder mit Blicken ab. „Komm schon, wo hast du dich versteckt?", lockte er den Welpen.
Als er ein platschendes Geräusch ganz in seiner Nähe wahrnahm, atmete er auf.
„Wölflein?"
Dicht vor ihm, am Rand des Grabens, sprang eine fette Kröte umher. Einen Moment hielt sie inne und blickte Joki schlechtgelaunt an.
„Hi, grüß dich, freut mich, dich kennenzulernen. Du hast nicht zufällig einen Wolf gesehen?"
Schwerfällig hüpfte die Kröte weiter, machte einen Satz und landete im Schlamm. Sie hob den Kopf und schien ihn misstrauisch zu beobachten.

Joki nickte ihr freundlich zu, dann hielt er weiter nach dem Wolfskind Ausschau.
Es blieb verschwunden.

🐾 🐾 Der Rüde trabte voran. Er hielt den Kopf gesenkt, achtete darauf, wohin er seine Pfoten auf dem sumpfigen Grund setzte. Um die Wasserflächen machte er einen Bogen und mied den braunen Morast. Allmählich lernte er, die sicheren Stellen von den unsicheren zu unterscheiden. Mit Bedacht wählte er seine Schritte, suchte sich Grasbüschel und kleine Sträucher für seinen Weg. Dennoch sanken seine Läufe hin und wieder bis zu den Knöcheln ein. Manchmal wandte er sich den Jungtieren zu, beobachtete ihre Bewegungen und knurrte leise warnend, doch es gab kaum Grund dazu – die Zweibeiner schienen ihnen nicht ins Moor nachzukommen.

Das Rudel folgte ihm. Die Wölfin lief zum Schluss. Sie trödelte, gab sich keine Mühe, sich zu beeilen. Immer wieder blickte sie sich um, die Sinne aufs Äußerste gespannt, das eine Ohr aufgerichtet. Ein leichter Nebelschleier lag über dem Boden und erschwerte die Sicht. Die Wölfin hielt die Nase in den lauen Wind und witterte. Der Dunst des Moores überdeckte beinahe jeden anderen Geruch. Dennoch schnupperte, beobachtete und lauschte sie unablässig. Mehr als einmal verzögerte die Wölfin das Vorankommen des Rudels.

In aller Gelassenheit trank sie ein paar Schlucke aus einer Pfütze. Das Moorwasser schmeckte etwas säuerlich, stillte aber den Durst. Die kleinen Wölfe taten es ihr nach. Eine Zeit lang war nur ihr Schlecken zu hören.

Der Wolfsvater stieß ein mürrisches Grollen aus. Es ging ihm zu langsam vorwärts. Doch die Warnung war so leise, dass sie nicht einmal seine Kinder ernst nahmen. Schließlich gab er dem Rudel nach und nahm selbst ein paar Schlucke von dem Wasser zu sich.

Plötzlich hob er mit einem Ruck den Kopf und richtete die Ohren auf.

Ein leises Trippeln und Plätschern war zu hören, als näherte sich ihnen ein Tier. War ihnen etwa der Hund gefolgt? Doch es war kein Bellen zu vernehmen, nicht einmal ein Knurren. Nur Schritte im feuchten Moos, kaum lauter als ein leichter Nieselregen. Schritte von Pfoten.

Auch die Wölfin wurde unruhig. Geduckt stand sie da, bereit zum Sprung, zu Flucht oder Angriff. Ein fast unmerklicher Luftzug trug ihr etwas zu. Einen Duft, den sie kannte.

Sie schloss die Augen, konzentrierte sich ganz auf das, was sie witterte. Einen Herzschlag lang befand sie sich wieder in der Höhle und stupste Schwarzohr an. Ihren Jüngsten, noch blind, tapsig und sehr schwach. Lebte er?

Die Wölfin riss die Augen wieder auf und starrte in die

Landschaft. Ein paarmal blinzelte sie, als müsste sie sich davon überzeugen, dass sie nicht wieder durch eine Traumwelt wanderte.

Dann wurde der Geruch deutlicher – und die Wolfsmutter erfasste endgültig, was der Wind ihr zutrug. Sie winselte vor Aufregung, und schließlich begann sie zu heulen. Am Anfang schwang noch die Trauer mit und die Bitternis, die sie die ganze Zeit begleitet hatten, doch schnell wurden die Töne weicher, sanfter.

Angestrengt lauschte sie, starrte in die Dampfwolken über dem Morast.

Sie musste nicht lange warten. Wie ein Echo schallte die Antwort zurück: ein Ruf, den sie so noch nie vernommen hatte, nicht einmal in ihren Träumen, und den sie doch sofort wiedererkannte.

Aus dem nebligen Weiß tauchte ein junger Wolf.

IN DER FALLE

Zuerst fühlten sich seine Füße eiskalt an. Dann kroch die Kälte allmählich an ihm hoch, wanderte über die Waden zu den Knien bis zum Bauch …
Der Schlamm war in seine Schuhe gelaufen und drückte ihm die Zehen zusammen. Der Rucksack zerrte an ihm, und die Riemen schnitten in seine Schultern. Er ärgerte sich, dass er ihn nicht abgenommen hatte, solange es noch möglich war. Jetzt klebte er an ihm, beinahe so fest, als wäre er Teil seines Körpers. Joki dachte an die Wasserflasche, die noch fast voll war, an die Äpfel, die Nüsse und den Zwieback aus der Hütte. Er hatte Hunger und Durst und kam nicht an die Lebensmittel heran, die er auf dem Rücken trug. Das zusätzliche Gewicht schien ihn nur weiter in die Tiefe zu ziehen.
Joki steckte mittlerweile beinahe bis zur Brust im Morast. Wie Beton umklammerte ihn die matschige Erde. Er hielt die Arme ausgebreitet, und manchmal bewegte er sie auf und ab wie Vogelschwingen. Schade, dass er nicht fliegen konnte. Wäre er doch ein Adler! Oder wenigstens der Bussard, den er im Wald beobachtet hatte. Dann würde er sich befreien und hoch hinauf steigen.
„Na ja, als Raubvogel wäre ich gar nicht erst in diesem Schlamassel gelandet", teilte er der Kröte mit, die immer mal wieder vorbeikam. Er merkte, wie beim Sprechen seine Zähne aufeinanderschlugen. Seltsam. Um ihn

herum herrschte die Wärme des Sommers. Doch in dem Sumpfloch schien sich der Frost des Winters zu halten.
„Als wäre ein Teil von mir im Tiefkühlfach, während der andere getoastet wird."
Die Kröte starrte ihn ausdruckslos an.
„Vielleicht ist dieses Gefühl ja normal, wenn man sich nach und nach in eine Mumie verwandelt?"
Joki wollte lieber nicht an Moorleichen denken. Aber sie fielen ihm immer wieder ein, denn er hatte erst vor Kurzem eine Doku über dieses Thema gesehen. Braune ledrige Körper mit komischen Schrumpfgesichtern, die fast so alt wie Mammuts waren und irgendwann im Museum landeten.
Unwillkürlich stellte er sich vor, wie Sanja sich über einen gläsernen Schneewittchensarg mit einem verdorrten Joki beugte. „Hoffentlich muss sie dafür keinen Eintritt zahlen", murmelte er zähneklappernd vor sich hin.
Vorsichtig versuchte er, den linken Fuß zu bewegen. Er schaffte es, ein wenig mit den Zehen zu wackeln. Den rechten konnte er sogar ein kleines bisschen anheben. Er setzte ihn wieder ab und versuchte es mit dem anderen noch mal. Der Knöchel steckte fest.
Joki biss sich auf die Unterlippe und schob den Fuß Millimeter für Millimeter hin und her. Tatsächlich schien sich die Masse etwas zu lockern. Mühsam versuchte er, einen Klumpen Erde unter seinen Hacken zu bugsieren. Er kam ein winziges Stück höher. Oder bildete er sich das nur ein?

Vielleicht konnte er ja auf diese Art ganz allmählich nach oben klettern?

„Nur nicht aufgeben, Jokilein", hörte er die Stimme seiner Großmutter raunen, als wäre sie ein Geist, der über ihm schwebte.

„Keine Sorge, Oma. Ich schaff das schon."

Er stellte sich eine Matschleiter vor, die er erklimmen musste. Doch selbst wenn es ihm gelang, seine Füße zu bewegen, seine Hände fanden keinen Halt. Immer wieder tastete er den Rand des Grabens nach einem festen Untergrund ab. Immer wieder griffen seine Finger in aufgeweichte lehmähnliche Erde und in Moos, das sich wie ein Schwamm mit Wasser vollgesaugt hatte.

Ob es mit Schwimmbewegungen klappen würde? Aber Joki traute sich nicht, auch noch mit den Armen in den Morast zu tauchen. Es kam ihm vor, als würde das Moor nur darauf warten – um ihn dann einzusaugen und ganz zu verschlucken.

Er glaubte sich zu erinnern, dass er im Fernsehen gesehen hatte, dass es – wegen irgendwelcher physikalischen Gesetze – eigentlich nicht möglich war, vollständig zu versinken. Dass es etwas gab, das sich Auftrieb nannte. Doch er war sich nicht sicher, ob das Moor das auch wusste. Bisher hatte er von diesem Auftrieb jedenfalls nichts bemerkt.

Was sollte er tun? Um Hilfe schreien?

Wer würde ihn hier hören?

Das Gebell der Hündin war längst verstummt.

Entweder suchte Knut nicht mehr nach Joki oder, dank Sanja, an einem falschen Ort.
Und auch der Wolf war nicht zurückgekommen.
Joki steckte fest. Nicht nur im Moor, auch in der Einsamkeit.
Es erfüllte ihn beinahe mit Dankbarkeit, wenn mal ein Tier auftauchte: Außer der Kröte besuchten ihn zwei Frösche, eine Eidechse und ein großer brauner Käfer. Sogar ein Schmetterling flatterte vorbei. Joki sprach mit ihnen, fragte sie, wie es ihnen ging und wohin sie wollten, und manchmal antwortete er sich selbst.
Mücken surrten ihm in die Ohren, ließen sich auf seiner Nase und den Wangen nieder, zerstachen sein Gesicht und seinen Hals. Am Anfang schlug er noch nach ihnen. Irgendwann ließ er es einfach geschehen, dass die Biester sein Blut saugten.
Einmal fielen ihm die Augen zu, und als er sie wieder öffnete, sah er einen Echsenkopf im morastigen Wasser, der sich auf ihn zubewegte. „Hallo, Eidechse", begrüßte er das Tier.
Als es weiterschwamm, direkt an ihm vorbei, erkannte er seinen Irrtum.
Die Schlange trug ein hübsches Zickzackmuster.
Joki spürte eine Gänsehaut über seinen Rücken laufen.
Eine Kreuzotter!
„Wenn ich dir nichts tue, tust du mir auch nichts, stimmt's?"
Wenigstens würde er nicht aus Versehen auf sie treten.

Einen Schlangenbiss konnte er jetzt nicht auch noch gebrauchen.

Und wenigstens war er jetzt wieder wach. Genau genommen putzmunter. So viel war klar: Er durfte auf keinen Fall eindösen! Wenn der Schlaf ihn übermannte, würde er vielleicht ganz im Morast versinken.

Er behielt die Kreuzotter im Auge, die sich gemächlich an ihm vorbeischlängelte – diesmal in die andere Richtung. Sie kam noch dichter an ihn heran und zeigte ihm ihre gespaltene Zunge. Er sah, dass ihr Monsterauge ihn starr taxierte. Ihr Schuppenkleid wirkte wie eine Ritterrüstung, und Joki beneidete die Schlange ein bisschen. Wie elegant sie sich über diesem Höllenschlund bewegte! Mit welcher Leichtigkeit! Für einen Augenblick hätte er gern mit ihr getauscht.

Die Kreuzotter verschwand so lautlos, wie sie gekommen war.

Beinahe bedauernd sah er ihr nach. Jetzt war er wieder allein.

Joki fühlte sich wie lebendig begraben.

Würde er hier sterben?

Der Gedanke flog ihm unvermittelt zu – wie eine schwarze hässliche Motte.

Wütend schüttelte er den Kopf. „Vergiss es!", knurrte er. Wieder mühte er sich ab, seine Füße zu bewegen und diesmal gleichzeitig den Oberkörper nach hinten zu werfen. Es half nichts. Oder doch? Ein bisschen?

„Los! Noch mal!", befahl er sich selbst.

Diesmal versuchte er, mehr Schwung zu nehmen – auch wenn das in seiner Lage kaum möglich war. Erst kam es ihm vor, als würde er sich tatsächlich ein paar Millimeter an die Oberfläche bewegen. Doch dann riss ihn der Rucksack zurück. Er war schwerer geworden. Vermutlich hatte er sich inzwischen mit Schlamm vollgesaugt.
Immer mehr Panik stieg in ihm auf, als er spürte, dass ihn das Gewicht ein Stück weiter nach hinten zog, und ein schriller Schrei entfuhr ihm. Hilflos breitete er die Arme aus, tastete nach beiden Seiten, hielt sich an schleimigen Pflanzen fest. Ruhig bleiben, sagte er sich. Du versinkst nicht, du kannst gar nicht versinken.
Und wenn doch?
Er rührte sich nicht. Erst nach einer Weile wagte er, sich die Schlammspritzer aus dem Gesicht zu wischen. Er atmete heftig, als wäre er durch den Wald gelaufen. Dem Welpen hinterher. Immer der Rute nach. Joki schloss einen Moment die Augen. Da hörte er in der Ferne das Heulen eines Wolfes.
Und dann fiel ein zweiter ein, und Joki erkannte ihn sofort.
Mit schnell klopfendem Herzen lauschte er der Melodie und lächelte.
„Du hast sie gefunden, stimmt's? Du hast deine Familie gefunden."

🐾 🐾 Das Rudel wollte ihm erst nicht folgen. Es war nicht seine Rolle, sie zu führen.
Und die Richtung stimmte nicht.
Schwarzohr lief zu seiner Mutter, leckte ihr die Schnauze, doch dann warf er sich herum und versuchte, sie zu zwingen, mit ihm zu kommen.
Der Rüde knurrte. Er wirkte aufgebracht, aber auch verwirrt. Kaum zurückgekehrt, machte der Kleine Ärger. Er verhielt sich nicht mehr wie der schwache, tapsige Welpe, als den er ihn kannte.
Die Wölfin winselte. Auch sie schien durcheinander. Sie lief ihrem so lange vermissten Wolfskind nach, kehrte dann aber um, weil die anderen sich nicht anschlossen.
Die Jungtiere rannten hin und her, sahen immer wieder zu ihrer Mutter und dann zu ihrem Vater hinüber.
Zurück? Wozu? Sie mussten weiter. Die Eltern sollten den Weg bestimmen, so wie sie ihn immer bestimmten. Doch Schwarzohr gab keine Ruhe. In seinen Augen funkelte die Entschlossenheit.
Er lief ein Stück voraus. Wandte sich seiner Familie zu, den Körper federnd gespannt, bereit zum Aufbruch. Mit wildem Geheul rief er sie. Dann rannte er weiter, ohne sich noch einmal nach ihnen umzusehen.
Die Wölfin setzte ihm mit kräftigen Sprüngen nach. Ein zweites Mal wollte sie Schwarzohr nicht verlieren.

Die Jungtiere schlossen sich schließlich zögernd an. Der Wolfsvater trabte neben ihnen her. Was geschah hier? Als er seinen Sohn rennen sah, erfasste er, was sich geändert hatte: Schwarzohr war zwar immer noch ein Welpe, aber einer, der kämpfen konnte, wenn es darauf ankam. Einer, der überlebt hatte und stark geworden war.

ALLEIN

Wie in einem zähen schwarzen Brei steckte Joki im Moor fest und zupfte sich einen Blutegel aus der Achselhöhle und einen zweiten von seiner Brust. Der dritte hatte sich an seinem Nacken festgesaugt. Das Tier fühlte sich schon richtig groß an, und Joki traute sich nicht, an ihm herumzuzerren. Es blieb ihm wohl nichts anderes übrig, als darauf zu warten, dass der Egel seine Mahlzeit irgendwann beendete, doch das würde sicher erst geschehen, wenn der Parasit sich satt genug fühlte.
„Na, dann guten Appetit", sagte Joki resigniert und seufzte. Als Wirt musste man höflich sein.
Und für den Blutegel war Joki bestimmt ein Festmahl.
„Vielleicht hast du ja heute Geburtstag und feierst eine kleine Party?"
Doch er war sich nicht sicher, ob Blutegel überhaupt geboren wurden oder ob sie aus irgendwelchen Eiern schlüpften. Sie sahen aus wie eine Mischung aus Regenwurm und kleiner Schlange, wie Wesen aus der Urzeit. Und sie mussten sehr geschickt sein, denn Joki hatte erst gar nicht gemerkt, dass er gebissen worden war.
Jetzt schien es ihm allerdings, als würden sie überall auf ihm herumkriechen. Immer wieder betrachtete er seine Arme und versuchte, im schlammigen Wasser sein Spiegelbild zu erkennen. Sein Gesicht wirkte in der schwarzen Brühe blass und starr, wie eine Maske. Nervös

tastete er seinen Kopf und seinen Hals ab. Dann spürte er eine Bewegung an seinem Ohrläppchen. Mit einem schnellen Griff konnte Joki gerade noch verhindern, dass der Egel in seinen Gehörgang schlüpfte.
„Nix da", sagte er und warf das glitschige Würmchen so weit weg wie möglich. „Such dir was anderes zum Naschen." Eigentlich hatte er ja viel Geduld mit Tieren. Aber was zu viel war, war zu viel.
Noch beunruhigender fand Joki die Tatsache, dass er den Rest seines Körpers nicht sehen konnte. Was mochte da unten im Schlamm alles auf eine günstige Gelegenheit lauern, um an einem Warmblüter zu saugen? Joki war für einige der Moorbewohner als Nahrungsquelle sicher eine willkommene Abwechslung.
Er versuchte, nicht weiter darüber nachzudenken. Vorsichtig, als würde er auf rohen Eiern laufen, bewegte er wieder seine Füße, die immer schwerer zu werden schienen. In seiner rechten Wade fühlte er einen Schmerz. Hatte ihn etwas gebissen? Oder war es nur ein Krampf? Er konnte es nicht kontrollieren. Er konnte sich ja nicht mal am Bauch kratzen, wo es ihn schon seit einer Weile juckte.
Tote Menschen wurden manchmal von Maden verspeist. Aber Lebende? Zumindest hatte er davon noch nichts gehört.
Joki starrte in die Schlammpfützen, und ihm wurde allmählich klar, dass er schrecklichen Durst hatte. Sicher, das Wasser roch seltsam – faulig und irgendwie

stechend nach Chemie, doch allmählich gewöhnte er sich daran, und es kam ihm nicht mehr so abwegig vor wie am Anfang, davon zu trinken. Wenn es erst mal dunkel wurde, konnte er nicht mehr erkennen, was er zu sich nahm und ob er vielleicht versehentlich einen Blutegel verschluckte ...

Das Wasser schimmerte leicht ölig, aber als Joki mit beiden Händen etwas von der Flüssigkeit schöpfte, kam es ihm gar nicht so schlimm vor. „Ein bisschen wie Cola mit Pommesfett", murmelte er und nahm einen winzigen Schluck. Joki verzog das Gesicht. Ihm fiel ein, dass seine Mutter manchmal Buttermilch trank. Und dann fiel ihm ein, wie er einmal bei einer höllisch schweren Mathearbeit seinen Füller zerkaut hatte, bis ihm die Tinte in den Mund gelaufen war. Nun ja, das Moorwasser schmeckte irgendwie nach milchig saurer Tinte. Aber man konnte es trinken, entschied Joki.

Wie eine Medizin nahm er noch etwas davon zu sich. Dann wartete er eine Weile ab, was passieren würde.

Es passierte nichts. Soweit er das beurteilen konnte, bekam er keinen Durchfall, und schlecht wurde ihm auch nicht.

„Aber übertreiben wollen wir mal lieber nicht", warnte er sich selbst.

Wer wusste, ob er nicht gerade ein paar Blutegeleier oder Ähnliches verschluckte – die sich dann womöglich in der Wärme seines Darms von selbst ausbrüteten. Joki schüttelte den Kopf. „Ach, Quatsch!", sagte er laut.

Doch je länger er in diesem Morast steckte, umso unheimlicher wurde ihm zumute.

Er fühlte etwas über seinen Rücken laufen. Von einem kalten Schauer konnte allerdings keine Rede sein.

Joki tastete nach dem Egel, der ihm im Nacken gesessen hatte. Er war weg. Aber die Stelle fasste sich jetzt glitschig an. Vielleicht hinterließen die Sauger ja eine Spur – so wie Schnecken? Doch als er seine Hand betrachtete, sah er, dass sie rot war. Rot vor Blut.

„Na toll, jetzt kommen bestimmt noch mehr Viecher. Vampirfledermäuse und so." Joki lachte gegen die Angst an, die in ihm hochkroch.

Seine Hand wusch er in dem Moorwasser, doch das Blut lief weiter aus der Wunde, das spürte er genau. Was sollte er tun?

Er war allein. Mutterseelenallein. Von allen guten Geistern verlassen – falls sie je bei ihm gewesen waren.

So allein hatte er sich noch nie gefühlt.

Es dämmerte bereits. Der Himmel über dem Moor färbte sich allmählich flamingorosa.

„Total romantisch", flüsterte Joki.

Kurzentschlossen griff er in die braunschwarze Modderpampe und schmierte sich etwas davon in den Nacken.

Er spürte, dass ihm etwas schwindlig wurde, und er fragte sich, wie viel Blut er schon verloren hatte. Komisch, dass er von der Wunde fast nichts merkte. Es juckte bloß ein bisschen, aber das konnte auch von einem Mückenstich kommen.

Joki atmete ein paarmal ein und aus, um den Schwindel zu vertreiben. Doch es wurde nicht besser. Im Gegenteil. Alles drehte sich. Verlor er etwa das Bewusstsein?
Noch einmal holte er tief Luft, und ohne darüber nachzudenken, stieß er plötzlich einen langgezogenen heulenden Ton aus.
Beinahe sofort hörte er eine Antwort.
Der Wolf.
Er kam zurück!
Und er klang gar nicht so weit weg.

Die Wölfe liefen hintereinanderweg durch den Morast. Nur das Plätschern ihrer Schritte war zu hören und das Hecheln, das aus ihren Kehlen kam. Schwarzohr führte das Rudel. Dicht gefolgt von seiner Mutter, die sich manchmal an seine Seite gesellte – als müsste sie auf ihn aufpassen oder als hätte sie Angst, ihn wieder zu verlieren.
Schwarzohr spürte ihre Furcht, sah ihr aufgerichtetes Fell. Doch er ließ sich nicht beirren.
Auch nicht durch das Knurren seines Vaters. Sicher trug er den Geruch des Zweibeiners ebenfalls schon in der Nase. Der Weg, den Schwarzohr wählte, behagte ihm ganz und gar nicht. Das Moor hatten sie schon fast hinter sich gelassen, als sein vermisster Sohn wie aus dem Nichts erschienen war.

Sein Instinkt warnte ihn davor, in das Sumpfgebiet zurückzulaufen. Sein Instinkt gab ihm aber auch ein, dass Schwarzohr seine Familie brauchte.

Als das Geheul ertönte, blieben die Wölfe einen Augenblick lang wie erstarrt stehen. Es klang nicht nach einem Wolf und nicht nach einem Hund. Es schwang etwas mit, das sie aufhorchen ließ. Es war, als würden sie gerufen.

Schwarzohr hielt kurz inne, hob den Kopf und antwortete in einem hellen, auf- und abschwellenden Ton. Die Laute waren so intensiv, dass das Rudel unwillkürlich miteinfiel. Sogar der Rüde stimmte in den Gesang ein. Das Lied der Wölfe floss wie eine Welle über das Moor. Schwarzohr sprang über einen Birkenstamm, umrundete ein Sumpfloch, aus dem kleine Bläschen stiegen, und setzte seinen Weg noch etwas schneller fort.

Die Wölfin mit ihrem geschärften Blick entdeckte das Geschöpf als Erste. Wie selbstverständlich setzte sie sich an die Spitze des Rudels. Sie würden sich nähern und gleichzeitig Abstand halten. Sie wollte das Rudel so lenken, dass sie die Stelle weitläufig umkreisten und die Lage erkundeten.

Überraschend und ohne zu zögern, zog Schwarzohr jedoch an ihr vorbei. Die Wölfin erschrak vor seinem unbekümmerten Ausscheren. Sie duckte sich misstrauisch und klemmte die Rute ein.

Doch das Wesen, das dort im Moor steckte, wirkte hilf-

los. Verlassen – als hätte es sein Rudel verloren. Eine Gefahr schien von ihm nicht auszugehen. Also gab auch die Wölfin ihre Vorsicht auf. Energisch setzte sie ihre Pfoten in die Spur des jungen Wolfes.
Schwarzohr lief direkt auf den Menschen zu.

IM KREIS DER WÖLFE

Jokis Herz klopfte schneller, als er den Wolf kommen sah. Nie hätte er mit seiner Rückkehr gerechnet.
Und auch jetzt traute er kaum seinen Augen. Konnte ein wildes Tier zu einem Freund werden? Und der Welpe kam nicht allein ... Joki schluckte. Träumte er? Das Rudel trabte scheinbar ganz gelassen auf ihn zu.
Doch als er all die Wolfsblicke auf sich gerichtet sah, verspürte er plötzlich Angst. Er war in einer ausweglosen Lage. Er konnte nicht fliehen, sich nicht einmal verstecken.
Was, wenn sie gerade Hunger hatten? Würden sie ihn vielleicht doch noch als leichte Beute ansehen?
Nach und nach begannen die Raubtiere ihn zu umkreisen. Sie bewegten sich lautlos, vorsichtig, als wäre ihnen die Situation nicht ganz geheuer.
Nur der kleine Wolf kam unbekümmert auf ihn zu, streckte sich über den Morast, legte ihm die Vorderpfoten auf die Schultern und schleckte ihm das Gesicht ab. Seine Zunge fühlte sich warm, ein bisschen klebrig und fast schon vertraut an.
„He, das sollst du doch nicht", murmelte Joki und lachte. „Pass lieber auf, dass du nicht auch noch versinkst." Vorsichtig wehrte er den Welpen ab und schob ihn beiseite, doch er fühlte sich eigenartig getröstet.
Als er wieder sehen konnte, bemerkte er ein Augenpaar,

das ihn musterte. Es war die Wölfin, der ein Ohr fehlte. Die Mutter der Welpen. Unwillkürlich starrte Joki die verletzte Stelle an. Er schluckte.

Lauernd hielt sich die Wölfin im Hintergrund und beobachtete ihn argwöhnisch, mit zuckenden Mundwinkeln, die Haltung geduckt. Bereit, ihn im Notfall anzuspringen? Joki begann nervös zu summen. Erkannten sie ihn wieder? Konnten sie spüren, dass er nichts Böses im Sinn hatte?

„Warum hast du deine Familie hierhergeführt?", fragte Joki den Welpen. „Ihr hättet besser abhauen und Land gewinnen sollen – im wahrsten Sinne des Wortes." Er kicherte und schluchzte gleichzeitig und dachte an das Blut, das ihm immer noch den Nacken herunterrann. Konnten sie es riechen?

Doch die Wölfe zeigten keine Spur von Aggression. Sie fixierten ihn mit leuchtenden Augen, witterten seinen Geruch – als versuchten sie, herauszubekommen, was passiert war.

Zuletzt kam der große Graue. Er drängte den Welpen ein Stück zurück, und der ließ es sich gefallen und lief zu seinen Geschwistern. Auch der ältere Wolf hielt den Blick auf Joki gerichtet. Seine bernsteinfarbenen Augen schienen ihn zu durchbohren.

„He, kennst du mich noch?" Joki lächelte dem Raubtier zu. Aber er wusste nicht, ob der Wolf sich davon beeindrucken ließ. Spürte er seine Angst? „Wir sind uns das erste Mal am Bach im Wald begegnet."

Joki wollte seine Furcht abstreifen, so wie er die Blutegel weggewischt hatte; die meisten jedenfalls. „Toll, dass ihr hier seid", sagte er leise. „Und toll, dass ihr euch wiedergefunden habt. Ihr haltet als Familie zusammen, das ist wirklich ..." Joki holte tief Luft. „... toll."
Die meisten Menschenfamilien schaffen das nicht, dachte er.
Seltsam, dass er ausgerechnet jetzt an seinen Vater denken musste. Wo steckte er? Warum meldete er sich nicht? War ihm sein eigener Sohn egal?
Joki schüttelte den Kopf. Wohl ein bisschen zu heftig. Die Wölfin machte einen Satz nach hinten.
„Kein Grund zur Panik, alles in Ordnung", sagte er sanft, als wollte er sich selbst beruhigen. „Dein Sohn ist mein Freund, also seid ihr auch meine Freunde, okay?"
Vielleicht verstanden sie ja doch ein wenig von dem, was er da quasselte. Es schien ihm, als würden sie sein Summen mögen, also summte er noch ein bisschen weiter vor sich hin.
Joki hörte ihr Knurren, das von vorn kam, von der Seite, und er vernahm es schließlich auch dicht hinter sich. Ganz nah. Er spürte Panik in sich aufsteigen, spürte den Wolfsatem in seinem Nacken. Doch als er sich umwandte, sah er, dass es der Welpe war, der offenbar nach einem besseren Halt für seine Pfoten suchte. Mit einer energischen Bewegung schob der kleine Wolf jetzt seinen Kopf an ihn heran.
Joki umklammerte den Hals des Tieres.

Stieß sich ab, trat mit den Füßen – die Technik hatte er lang genug geübt. Wie lange? Wie viel Zeit hatte er in diesem Sumpfloch verbracht? Er wusste es nicht. Sein Körper fühlte sich fremd an, als gehörte er jemand anderem. Seine Arme konnte er noch hin- und herschwingen. Wie beim Rückenschwimmen kraulte er rückwärts, ohne jedoch den Wolf loszulassen. Tatsächlich ... Er spürte eine Bewegung. Raus aus dem Sumpf! Noch ein Stück und noch ... Da hörte er das Gebell der Hündin.
Oh nein! Nicht jetzt!
Er spürte einen Ast oder eine Wurzel unter seinem rechten Fuß.
Das Hundegebell kam näher.
„Haut ab!", rief Joki. „Verschwindet, solange ihr noch könnt!" Aber sie hörten es nicht, verstanden es nicht ...
Er schlug mit einer Faust um sich. Vernahm ein kurzes Aufjaulen.
Doch sie liefen nicht davon.
Plötzlich nahm er einen durchdringenden Ton wahr. Es klingelte – direkt aus dem Sumpf. Nein, aus seinem Rucksack! Ihm fiel das Handy wieder ein, das er in eine Tüte gepackt in die obere Rucksacktasche geschoben und dann vergessen hatte. Verdammt! Es würde ihn verraten!
Joki begriff, dass es nun an ihm lag. Er musste all seine Kraft ... Mit den Ellbogen versuchte er sich hochzuschieben. Sammelte die letzten Reserven. „Komm schon!", befahl er sich selbst. „Du schaffst das!" Er keuchte,

schluchzte vor Anstrengung. Wenn er sich half, half er ihnen. Sie mussten hier weg!
Joki hörte die Rufe. Knut rief ihn, rief seinen Namen. Doch Joki antwortete nicht.
Er kämpfte verbissen. Das Moor hielt ihn umklammert, als wollte es ihn nicht hergeben.
Ein Gewehr klackte. Ganz in seiner Nähe. Der metallische Ton fuhr wie ein Stromstoß durch seinen Körper. Bei dem Geräusch zogen sich die Wölfe aufjaulend zurück. Nur der Welpe blieb bei ihm.
Wie von selbst umschlangen Jokis Arme das Tier noch fester. Er wollte etwas sagen, etwas schreien, doch er brachte keinen Ton heraus. Hielt sich fest wie ein Ertrinkender.
„Joki!", schrie Knut. „Halt durch! Ich helfe dir!"
Wieder vernahm Joki den metallischen Ton.
Die Angst verlieh ihm neue Kraft. „Du darfst nicht auf ihn schießen!", schrie er zurück. „Du darfst nicht! Er ist mein Freund, verstehst du?"
Er bekam keine Antwort. Hörte platschende Geräusche. Etwas landete neben ihm.
Ein Stock?
Mit einer Hand griff er danach. Umklammerte das Ding, das sich stabil anfasste, kein bisschen morsch. Aber er ließ auch den Wolf nicht los.
„Solange du bei mir bist, wird er es nicht wagen", flüsterte Joki ihm zu.
Ganz allmählich gab das Moor ihn frei. Zentimeter für

Zentimeter zog ihn jemand. Knut? Der Wolf? Joki strampelte jetzt, strampelte sich mit letzter Kraft aufwärts. Alles fühlte sich so irre an. Unwirklich. Wie in einem Traum. Hielt er sich tatsächlich an einem Gewehr fest? Und an einem Wolf?
„Keine Angst, es ist nicht mehr geladen", keuchte die Stimme.
Dann packte ihn eine Hand. „Lass die Waffe los!", zischte Knut. „Lass sie los, Junge!"
Joki begriff erst nicht. Doch dann spürte er das Gewehr schwerer und schwerer werden. Seine Finger lösten sich. Er sah noch, wie die Waffe im Sumpf versank.

Joki lag am Boden, schwer atmend. Keuchend. Noch immer griffen seine Hände panisch nach einem Halt. Aber der Boden war fest, gab nicht nach, schwankte nicht einmal.
Er sah das Gesicht des Welpen über sich. Etwas Speichel tropfte aus seinem Maul. Joki wischte ihn sich von der Wange. Er hätte sich gern bedankt. Aber wie bedankte man sich bei einem Wolf?
Der Welpe winselte, als wäre ihm die Situation immer noch nicht geheuer. Joki kam ein Stück hoch und umarmte ihn. „Es ist alles ... in Ordnung", japste er. „Alles okay, mein Freund."
Erst jetzt hob Joki den Blick.
Knut winkte ihm zu. Auch er atmete heftig, rieb sich den Schweiß von der Stirn und den Modder aus dem Gesicht.

„Bist du in Ordnung, Junge?" Seine Stimme klang belegt, fassungslos. Mit der anderen Hand hielt er Bella am Halsband gepackt.

Am Rande nahm Joki wahr, dass die Hündin wie verrückt bellte und dass Knut versuchte, sie zu beruhigen. Joki winkte nicht zurück, seine Arme ließen nicht los. Sie hielten den Wolf fest.

Das Rudel war verschwunden. Nur der Welpe war bei ihm. Nah, sehr nah. So nah wie nie zuvor. Und die Wölfin. Sie tauchte plötzlich hinter einem abgestorbenen Baum auf, der aus dem Morast ragte. Joki begegnete ihren angstvollen Augen.

Sie sah an ihm vorbei den Mann an, zog ihre Lefzen zurück und zeigte ihre spitzen, makellos weißen Zähne. Ihr Fell sträubte sich. Ihr Ohr zuckte. Das Grollen, das aus ihrer Kehle stieg, ließ keinen Zweifel aufkommen: Sie würde kämpfen, sie würde sich und ihr Junges verteidigen, wenn es sein musste.

Auf einmal wurde es seltsam still. Sogar die Hündin hörte auf zu bellen.

„Ich tu euch nichts", sagte Knut mit immer noch rauer Stimme. „Ich glaub zwar nicht, was ich gesehen habe, aber ich habe es gesehen."

Langsam zog sich die Wölfin zurück. Mit einem leisen Winseln rief sie den Welpen schließlich zu sich.

Der kleine Wolf sah zu Joki auf und wedelte mit der Rute.

Seine Augen wirkten hellwach und erwartungsvoll.

Joki seufzte. „Tut mir leid. Ich kann nicht mit euch kommen." Er sprach beinahe im Flüsterton. „Wir müssen uns wohl ... verabschieden." Mühsam schluckte er den Kloß im Hals herunter. „Ich bin so froh, dass du deine Familie wiedergefunden hast!"

Sein ganzer Körper schmerzte, als er sich bewegte. Seine Glieder fühlten sich steif an, wie eingerostet. Der Modder klebte an ihm wie eine zweite Haut, eine Blutspur lag um seinen Hals wie ein roter Schal, und wahrscheinlich stank er nach dem fauligen Morast. Doch all das nahm er kaum zur Kenntnis. Der Aufruhr in seinem Innern wog schwerer.

Als er den Welpen ein letztes Mal umarmte, kam es ihm vor, als wären sie wieder allein im Wald.

Joki schloss die Augen und folgte noch einmal seiner Spur.

Die Kröte sprang erschrocken zur Seite, als sie die beiden Wölfe kommen sah.

Schwarzohr vernahm das laute Klatschen, ein paar Wasserspritzer flogen ihm entgegen.

Das Tier war nicht besonders schnell, und der Wolf entdeckte es sofort. Ein Krötenbein ragte gut sichtbar aus einem Tümpel. Doch er interessierte sich nicht für die mögliche Beute.

Aufrecht lief er neben seiner Mutter her, die ihn immer

wieder von der Seite anblickte, als müsste sie aufpassen, dass er nicht wieder spurlos verschwand.

Die Nacht senkte sich über das Moor, und der Dunst trug ihnen zu, dass das Rudel nicht weit entfernt auf sie wartete.

Die Zweibeiner hatten sie längst hinter sich gelassen. Keiner von ihnen folgte ihnen auch nur einen Schritt.

Schwarzohr spürte, dass die Wölfin sich nun unbefangener bewegte. Ihre Sprünge wurden leicht und gelenkig. Wenn sie abhob und über eine Wasserstelle setzte, schien sie beinahe zu schweben.

Schwarzohr beobachtete sie, so wie sie ihn beobachtete. Er glich seine Schritte den ihren an, rannte, wenn sie rannte, sprang, wenn sie sprang. Der Schwung allerdings fehlte ihm. Um seinen Hals trug er den leichten Druck der menschlichen Berührung. Er konnte den Zweibeiner noch riechen, seine haarlosen weichen Pfoten spüren. Es war, als würde er Schwarzohr ein Stück begleiten.

Immer wieder sah sich der kleine Wolf verwirrt um und spähte in die Dunkelheit. Sein Blick glitt forschend über das Sumpfland, ohne zu wissen, wonach er eigentlich suchte. Witternd hielt er die Nase in die Luft. Und er lauschte auf die Geräusche der Nacht. Doch das Summen, das so klang wie das Summen von Bienen, aber auch ein wenig nach dem Gejaule junger Wölfe, war verstummt.

Einmal erspähte er kleine blaue Lichter, die über dem

Morast flackerten. Schwarzohr stürzte sich auf sie und versuchte, sie zu fangen. Als es ihm nicht gelang und nur das Moorwasser an ihm hochspritzte, winselte er leise.

Das Heulen des Rudels antwortete ihm. Die hellen Stimmen seiner Geschwister und der tiefe Ton seines Vaters. Auch die Wölfin jaulte jetzt. Schwarzohr folgte ihrem Blick und sah die Schatten der Wölfe im Mondlicht auftauchen.

Seine Familie. 🐾

DREI TAGE SPÄTER

Joki erwachte im Schlafzimmer seiner Großmutter und sah sich verblüfft um. Wie war er hierhergekommen? Mit einer schnellen Bewegung schlug er die Decke beiseite und sah, dass er ein überdimensional weites weißes T-Shirt trug, das entweder seiner Oma gehörte oder einem altmodischen Gespenst. Außerdem war er nur mit einer Spiderman-Boxershorts aus seiner Grundschulzeit bekleidet, die er eigentlich vor dem Umzug ausrangiert hatte. Von der Modderpampe war keine Spur mehr zu sehen – also musste ihn wohl jemand geputzt haben wie einen schmutzigen Backofen oder ein verdrecktes Auto.
„Oje, wie peinlich ist das denn", murmelte er vor sich hin. Als er aus den Augenwinkeln eine Bewegung bemerkte, zuckte er zusammen. Doch es war nur Sanja, die zusammengekauert in einem Sessel hockte und schlief. Ein Buch rutschte ihr gerade aus den Händen und fiel wie in Zeitlupe auf den Boden.
Es war ein altes Buch, das seiner Oma gehörte und das er auch schon gelesen hatte: *Wolfsblut* von Jack London. Wenn man die Seiten umblätterte, roch es nach Walnüssen.
Schläfrig öffnete Sanja ein Auge. Sie schien zu überlegen, ob es sich lohnte, auch das zweite aufzumachen.
„Guten Morgen", sagte Joki höflich.
Sanja stieß einen leisen Schrei aus.

Beunruhigt sah er sich nach einem Spiegel um. Vielleicht hatte er sich ja verwandelt? In einen Werwolf zum Beispiel?

„Quatsch!", sagte er laut.

Sanja nickte. „Stimmt."

„Stimmt?" Joki fragte sich, ob Sanja seine Gedanken lesen konnte.

„Der gute Morgen ist schon lange vorbei. Und so gut war der auch nicht."

„Ach so." Joki seufzte. Vorsichtshalber betrachtete er seine Hände, aber sie sahen nicht nach Krallen aus.

„Du schläfst seit drei Tagen", beschwerte sich Sanja. „Die Nächte nicht mitgerechnet."

Joki kratzte sich den Kopf. „Hab ich nicht gemerkt", entschuldigte er sich halbherzig. „Wie ... wie komme ich eigentlich hierher?"

„Na, mit dem Auto. Knut hat dich in Bellas dreckige Hundedecke gewickelt. Und dann ist er losgedüst und hat dich hier abgeladen. Weißt du das nicht mehr?"

Joki schüttelte den Kopf.

„Du bist noch in der Badewanne eingeschlafen. Übrigens war das Abflussrohr wegen dir verstopft. Es musste extra ein Handwerker kommen. Und du hattest einen Blutegel am ..." Sanja kicherte.

„Am ...?"

„Po."

Automatisch fasste sich Joki an seinen Spidermanhintern.

„Keine Sorge. Der ist ab. Also der Egel. Und du hast da jetzt ein großes Pflaster." Sie betrachtete ihn mit ernster Miene, als wäre sie Ärztin und hätte ihn gerade operiert. Eine unangenehme Hitze stieg ihm ins Gesicht.
„Ich hab ihn für dich aufbewahrt. Er lebt jetzt in einem Pflaumenmusglas-Aquarium. Nur ohne Pflaumenmus. Du kannst ihn in aller Ruhe erforschen."
Joki dachte darüber nach, wie er das Thema wechseln konnte. Sein Magen knurrte. „Ich hab Hunger."
„Prima. Sie warten schon alle auf dich."
Joki runzelte die Stirn. Was plapperte sie da?
„Deine Oma, deine Mutter, Fienchen … Es gibt Hefeklöße mit Matschpflaumen. Deine Mama hat gekocht."
Joki lächelte. „Ihr Lieblingsessen."
„Ja, und man kriegt es auch hin mit Baby auf dem Arm. Na ja, Fienchen schläft meistens. Manchmal brüllt sie aber auch. Zur Beruhigung kaut sie gern auf Fingern herum." Sanja zeigte ihm wie zum Beweis ihren kleinen Finger. „Sogar Knut kommt immer zum Abendbrot vorbei und erkundigt sich, wie es dir geht."
„Ist er noch sauer?"
„Du meinst wegen dem verlorenen Gewehr?"
„Zum Beispiel." Joki fielen eine Menge Gründe ein, warum Knut wütend sein könnte. Aber ihm fiel auch sofort einiges ein, wieso er böse auf Knut war.
Sanja schüttelte den Kopf. „Vielleicht wird er sogar Vegetarier, wenn es so weitergeht, hat er gesagt. Aber das sollte wohl ein Scherz sein."

„Glaub ich auch."

Sie grinsten sich an.

„Du musst mir alles erzählen, was du mit deinem Wolf erlebt hast, ja?", bat Sanja.

Joki brummte leise. Das konnte alles Mögliche bedeuten: Ja oder Nein oder Später vielleicht. Das Gesicht des Welpen tauchte vor ihm auf. Wo mochte das Rudel jetzt sein? Hatten sie ihr neues Revier gefunden?

„Und da ist noch jemand, der dich gern wiedersehen möchte", sagte Sanja.

„Noch jemand?"

„Dein Vater."

„Ich hab doch gar nicht Geburtstag."

Ein bitterer Geschmack lag plötzlich in Jokis Mund.

„Er konnte sich nicht früher melden. Er lag ein paar Wochen im Krankenhaus – mitten im Dschungel. Irgendeine Tropenkrankheit. Gelbfieber oder so. Du kannst ihn ja gleich selbst fragen. Inzwischen geht es ihm wieder gut."

Joki sagte eine Zeit lang nichts. Dann nickte er langsam. Er schwang die Beine aus dem Bett und erhob sich. Ihm wurde etwas schwindlig, und er taumelte ein bisschen.

„Möchtest du was trinken?", fragte Sanja besorgt. „Cola? Da ist Koffein drin."

„Ach was", sagte er spöttisch. „Na, warum nicht."

Sanja reichte ihm ein Glas, das auf dem Tisch stand. Wahrscheinlich ihr eigenes. Es war halb leer oder halb voll, und die Cola sprudelte nicht mehr.

„Danke", sagte Joki leise.

„Schon okay."
„Ich meine … für alles. Deine Freundschaft und so."
„Schon okay", sagte sie wieder. Doch diesmal lächelte sie und wurde ein bisschen rot.
„Ich glaub, mir ist immer noch etwas schwindlig", meinte Joki und legte den Arm um ihre Schultern.

EIN WILDTIER KEHRT ZURÜCK

Auf leisen Pfoten wandern sie wieder durch Deutschland: Wölfe.
Immer mehr Rudel, Paare und Einzelgänger durchstreifen Wälder und Heiden, siedeln sich auf Truppenübungsplätzen an, ziehen durch Teich- und Moorgebiete, laufen über die Felder und die sandigen Wege von Sachsen, Brandenburg, Sachsen-Anhalt, Niedersachsen und Mecklenburg-Vorpommern. Die Nähe zu Menschen meiden sie meist. Ihre Reviere suchen sie sich dort, wo es genug Wild gibt und der Nachwuchs ungestört zur Welt kommen und aufwachsen kann. Dabei verhalten sie sich sehr sozial; die Elterntiere bleiben meist ein Leben lang zusammen und kümmern sich fürsorglich um ihre Welpen.
Lange Zeit wurden Wölfe gejagt und getötet und galten in Deutschland schließlich als vollständig ausgerottet. Erst seit dem Jahr 1990 stehen sie unter Naturschutz. Zehn Jahre später tauchten die ersten Wölfe, aus Polen einwandernd, in der Lausitz (Sachsen) auf. Auf einem Truppenübungsplatz kamen die Welpen zur Welt, und plötzlich gab es wieder ein freilebendes Rudel. Seit dieser Zeit haben sich die „Beutegreifer" nach und nach vermehrt und auch in anderen Gegenden angesiedelt.

Viele Menschen freuen sich über die Rückkehr der Wölfe, und es gibt zahlreiche Bemühungen, sie zu schützen und über ihre Lebensweise aufzuklären. Denn das Böse, das ihnen bis heute nachgesagt wird, auch dank bekannter Märchen wie zum Beispiel Rotkäppchen, spukt noch in vielen Köpfen herum. Wölfe fressen aber weder Großmütter noch kleine Mädchen mit roten Mützen, sondern Rehe, Rothirsche und andere Huftiere, Wildschweine, Hasen, Biber und auch Kleintiere wie Mäuse und Vögel. Eher selten werden sogenannte Nutztiere gerissen, also Schafe und in Ausnahmefällen Kälber. Geeignete Zäune und Herdenschutzhunde können da helfen. In Wolfsgebieten werden die Landwirte finanziell unterstützt, um ihre Herden zu schützen.

Der Wolf lebt nun mal von Fleisch, wobei er auch schon beim Verspeisen von Äpfeln „ertappt" wurde. Die Beobachtungen über das Verhalten der Rückkehrer werden hauptsächlich mit Hilfe von „Fotofallen" gemacht, die dann akribisch ausgewertet werden.

So kann man Wölfe erforschen, ohne dass sie unnötig gestört werden.

Leider kommt es immer wieder zu illegalen Wolfstötungen, also Abschüssen, und immer wieder werden Wölfe zu Opfern von Verkehrsunfällen.

Dennoch zeigt die heutige Verbreitung, dass Wölfe durchaus anpassungsfähig sind und gute Chancen haben, wieder hier heimisch zu werden.

FAKTEN ZUM THEMA WOLF
(CANIS LUPUS) – FRAGEN UND ANTWORTEN

Wie leben Wölfe?

Die meisten leben im Rudel. Wenn der Rüde und die Fähe (der Wolf und die Wölfin) sich im Februar paaren, können vier bis sechs Welpen im Frühjahr (ab Ende April bis Mai/Juni) das dunkle Licht der Höhlenwelt erblicken. Außerdem gehören manchmal noch Jährlinge zur Wolfsfamilie, das sind im Vorjahr geborene Jungwölfe, die bei Geschlechtsreife (wenn sie etwa 22 Monate alt sind) abwandern und auf Partnersuche gehen, um selbst ein Rudel zu gründen.

Was fressen Wölfe?

Hauptsächlich gehören Rehe zur Nahrung der Wölfe, gefolgt von Hirschen und Wildschweinen. Auch Kleintiere und Obst werden nicht verschmäht. Wenn Schafe und andere sogenannte Nutztiere nicht ausreichend geschützt werden, kann es in Wolfsterritorien auch gelegentlich zu Rissen kommen. Das heißt, dass Wölfe auch von Menschen gezüchtete Tiere angreifen und fressen, wenn sie Gelegenheit dazu erhalten.

Wölfe bevorzugen „leichte Beute". Sie jagen gern kranke, schwache und junge Tiere, da der Aufwand hier nicht so hoch und die Verletzungsgefahr gering ist. Manchmal werden sie deshalb als „Gesundheitspolizei" des Waldes bezeichnet. Das bedeutet zum Beispiel, dass eine Krankheit in einer Gruppe Rehe sich nicht weiter verbreiten kann, wenn das infizierte Tier vom Wolf gefressen wird.

Wolf oder Hund?

Es gibt Hundearten, die Wölfen sehr ähnlich sehen (zum Beispiel Schäferhunde, Huskys, Wolfshunde). So kommt es recht häufig zu Verwechslungen. Erkennbar ist der Wolf jedoch nicht nur an seinen kleinen dreieckigen Ohren, den langen Beinen, der buschigen Rute mit dunkler Spitze, dem bernsteinfarbenen Blick und dem sogenannten Sattelfleck auf dem Rücken, sondern vor allem an den Spuren, die er hinterlässt: So findet man in der Losung (dem Kot) noch Reste von Fell und Haaren, außerdem Zähne und Knochen und gelegentlich sogar Hufe, da der Beutegreifer beim Verschlingen nicht gerade mäkelig ist. Die Abdrücke der Pfoten unterscheiden sich im Wesentlichen nur in der Gangart: Wolfsspuren sind meist wie auf einer Perlenschnur aufgereiht, das heißt, die Hinterpfoten werden in die Abdrücke der Vorderpfoten gesetzt – man redet hier auch vom „geschnürten Trab". Während Wölfe also meist geradlinig und gleichmäßig, somit „energiesparend", ja fast diszipliniert laufen, sind Hunde verspielter, rennen mal hier und mal da hin. Weil Wölfe oft viele Kilometer zurücklegen und auch unwegsame Gegenden durchqueren, müssen sie ihre Kräfte entsprechend einteilen.

Wie nehmen Wölfe ihre Umwelt wahr?

Die Sinneswahrnehmungen von Tieren unterscheiden sich sehr von den menschlichen. Das ist auch bei Wölfen so. Sie machen nämlich die Nacht zum Tag, wie man es beim Homo sapiens sagen würde, und sehen im Dunkeln viel besser als wir. Sie sind in der Lage, selbst kleinste Bewegungen sofort zu bemerken. Allerdings ist ihre Welt längst nicht so bunt wie unsere. Der Wolf kann weder Rot noch Grün erkennen – sollte er also tatsächlich einmal Rotkäppchen im grünen Wald begegnen, würde er vermutlich ein Mädchen mit gelber Kopfbedeckung zwischen eher grauen Bäumen sehen.

Besonders ausgeprägt ist beim Wolf der Geruchssinn. Er kann ein Beutetier oder einen Artgenossen schon riechen, wenn er noch zwei oder drei Kilometer entfernt ist – selbst dann, wenn der Wind ungünstig weht. Wölfe besitzen 200 Millionen Riechsinneszellen mehr als wir.

Weitaus überlegen sind Wölfe uns auch, wenn es ums Hören geht. Sie können nicht nur ihre Ohren hin- und herbewegen und auf Geräusche fokussieren, sondern hören ihresgleichen noch in einer Entfernung von sechs bis zehn Kilometern, je nach Windverhältnissen.

Wie „unterhalten" sich Wölfe?

Natürlich ist die Verständigung für ein Rudel überlebenswichtig. Es muss zusammenhalten, gemeinsam auf Jagd gehen und den Nachwuchs versorgen.
Beinahe wie ein Mensch kann ein Wolf sein Gesicht verziehen und damit seine Stimmung ausdrücken. Anders als wir bewegt er dazu auch seine Ohren oder zeigt seine Zähne. Er kann fröhlich oder grimmig aussehen, nervös wirken, furchtsam oder angriffslustig.
Auch durch die Körperhaltung und die Stellung der Rute signalisiert das Raubtier, was mit ihm los ist. Ein hochgestellter Schwanz beispielsweise zeigt Imponiergehabe. Ist die Rute zwischen die Hinterläufe geklemmt, hat der Wolf Angst. Wenn ein Wolf seine Geschwister oder Eltern beschwichtigen möchte, legt er sich auf den Rücken und zeigt ihnen die Kehle und den Bauch. Damit gibt er zu verstehen, dass er in dem Moment die Überordnung des Stärkeren akzeptiert. Eine ausgeprägte Rangordnung, wie dies noch in manchen Büchern beschrieben steht, gibt es übrigens nur bei Wölfen in Gefangenschaft. Nur so können die auf kleinem Raum zusammenlebenden Wölfe Streitigkeiten und Frustration besänftigen. Bei freilebenden Wolfsrudeln handelt es sich um Familien, in denen die Elterntiere das Rudel anleiten. Die restlichen Rudelmitglieder, ihre Jungen der letzten zwei bis drei Jahre, sind so lange auf die Fürsorge und Unterstützung der Eltern angewiesen, bis sie sich aus dem Elternterritorium lösen.

Das berühmte Heulen dient übrigens nicht dazu, dem Mond zu huldigen, wie oft geglaubt wird, sondern es ist ebenfalls ein Mittel der Kommunikation. Zum einen wird so das Revier gekennzeichnet und benachbarten Wölfen „Bescheid gesagt", dass sie sich besser nicht nähern sollten, wenn sie Ärger vermeiden wollen, zum anderen können sich die Tiere auf diese Art „rufen" – etwa nach einer Jagd oder wenn sie allein unterwegs sind und Anschluss suchen.
Ähnlich wie Hunde zeigen sie ihr Unbehagen durch Winseln und Jaulen, oder sie knurren, um zu drohen oder zu warnen. Allerdings können Wölfe nicht bellen, sie wuffen höchstens kurz. Dieses „Wuff" bedeutet etwa so viel wie ein mahnendes „Hey!".
Botschaften können außerdem über Duftstoffe versandt werden. So markieren Wölfe ihre Reviere mit Urin und Kot. Fremde Rudel werden auf diese Art gewarnt, dass das Territorium schon besetzt ist.

Warum wurden Wölfe in Deutschland ausgerottet?

Nicht nur in Märchen galt der Wolf als Bestie. Jahrhundertelang wurde das Raubtier als böse, heimtückisch, grausam und gefährlich angesehen. Man betrachtete den Wolf als Konkurrenten, der Vieh von der Weide raubte und den Jägern das Wild wegfraß. Immer mehr Wälder wurden gerodet, um den Boden für die Landwirtschaft nutzbar zu machen. So verlo-

ren Wildtiere ihren Lebensraum. Um zu überleben, rissen sie auch Schafe, Ziegen und andere Haustiere, die für Bauern und ihre Familien oft die Existenzgrundlage bildeten. Allerlei Aberglaube, zum Beispiel über die Existenz von Werwölfen, führte dazu, dass Schauergeschichten kursierten und die Angst vor dem „bösen Wolf" sich weiter ausbreitete. Im Christentum galt der Wolf gar als Teufel und „Geißel Gottes".
Zwischen dem 16. und 19. Jahrhundert wurden Wölfe rabiat gejagt und getötet – oft mit brutalen Mitteln, zum Beispiel mit „Wolfsangeln", die mit Ködern bestückt und mit Widerhaken versehen wurden –, bis die Wölfe schließlich ganz ausgerottet waren.

Wieso kommt der Wolf zurück?

Erst nach der Wiedervereinigung im Jahr 1990 wurden Wölfe in Deutschland unter Schutz gestellt. Verirrten sich zuvor Einzeltiere aus Polen in die damalige DDR, wurden sie erschossen. So hatten sie gar keine Chance, sich in ihrer einstigen Heimat wieder anzusiedeln.

Heute ist es verboten, Wölfe zu töten, man sieht diese Tiere nicht als böse an, sondern als Wesen wie jedes andere auch, die ein Recht haben zu leben. Seit dem Jahr 2000 kehren die Wölfe also „nach Hause" zurück, gründen ihre Familien und traben – meist verborgen vor dem menschlichen Auge – durch Deutschland. In den Wäldern finden sie genug Wild vor, um sich zu ernähren. Sie siedeln sich dort an, wo sie Rückzugsgebiete vorfinden und weitestgehend ungestört sind – wie beispielsweise auf Truppenübungsplätzen.

Sind Wölfe gefährlich?

Wölfe sind vorsichtige Tiere, die den Menschen meiden. Dennoch sollte man nicht außer Acht lassen, dass sie potenziell gefährliche Wildtiere sind, so wie zum Beispiel auch Wildschweine. In der Regel besteht keine Gefahr, da sie kein Interesse an Menschen haben und ihnen möglichst aus dem Weg gehen. Gefährlich werden können sie, wenn sie Tollwut haben oder angefüttert wurden. Die Tollwut gibt es seit 2008 in Deutschland nicht mehr. Bei Tieren, die durch Futter an den Menschen gewöhnt sind, kann es passieren, dass sie ihre natürliche Scheu verlieren. Seit der Rückkehr der Wölfe hat sich allerdings noch kein einziger Wolf aggressiv gegenüber einem Menschen verhalten. Beuteangriffe auf Menschen können jedoch nicht gänzlich ausgeschlossen werden. Man darf also nicht vergessen, dass Wölfe Raubtiere sind.

Wie sollte man sich verhalten, wenn man einem Wolf begegnet?

Experten raten dazu, ruhig zu bleiben, Distanz zu halten, die Wölfe zu beobachten und sich zu freuen über die unverhoffte Begegnung. Denn so ein Aufeinandertreffen geschieht äußerst selten, und wenn auch gerade junge Wölfe manchmal neugierig sind, ziehen sie sich doch meist zurück, wenn sie einen Menschen wahrnehmen.

Keinesfalls sollte man weglaufen oder den Wolf verfolgen. Falls man sich bedroht fühlt, wird dazu geraten, sich langsam zu entfernen oder auch laut zu rufen oder zu klatschen. In Gegenden, in denen Wölfe leben, sollten Hunde besser angeleint werden, denn ausgeschlossen werden kann nicht, dass aus wölfischer Sicht Hunde als Eindringlinge ins Revier betrachtet werden.

Darf man einen Wolfswelpen mit nach Hause nehmen, wenn man einen findet?

In der Geschichte begegnet Joki einem kleinen Wolf, der sein Rudel verloren hat, und er nimmt ihn erst mal einfach mit zu sich nach Hause. Natürlich sollte man das in der Realität auf keinen Fall tun. Wenn ein Wolf von Menschen versorgt und gefüttert wird, kann es sein, dass er sich daran gewöhnt und die Scheu vor ihnen verliert. Falls dieser Wolf später wieder freigelassen wird, führt das womöglich zu großen Problemen. Er könnte anfangen, Menschen zu folgen oder sich ihnen zu nähern, in der Hoffnung auf Futter. Um gefährliche Zwischenfälle zu verhindern, werden derart auffällige Wölfe mitunter sogar getötet.

Weshalb müssen Wölfe geschützt werden?

Die Existenz des Canis lupus lupus (des Europäischen Grauwolfes) ist auch heute noch gefährdet. Oft werden Wölfe Opfer des Straßenverkehrs oder werden illegal erschossen. Noch immer gibt es Menschen, die den Wolf als Feind sehen. Durch das Bundesnaturschutzgesetz und internationales Recht wird die bedrohte Tierart geschützt, die absichtliche Tötung eines Wolfes gilt als Straftat. Sollte sich das ändern, wie von manchen gefordert wird, ist nicht auszuschließen, dass die Wölfe wieder aussterben.

Doch viele Wolfsfreunde setzen sich dafür ein, dass der Lebensraum für dieses Wildtier dauerhaft erhalten bleibt.

Danksagung

Ich danke recht herzlich Vanessa Ludwig, Projektleiterin des Kontaktbüros „Wölfe in Sachsen", für die sachliche Prüfung des Manuskripts und die Hinweise zum Thema Wolf.

Im Internet findet man hier weiterführende Informationen:
http://www.wolf-sachsen.de/
Dokumentations- und Beratungsstelle des Bundes zum Thema Wolf: *www.dbb-wolf.de*

Grit Poppe wurde 1964 in Boltenhagen an der Ostsee geboren. Sie studierte am Literaturinstitut in Leipzig und war 1989 bis 1992 Landesgeschäftsführerin für „Demokratie Jetzt". Ihr Jugendroman Weggesperrt wurde u.a. mit dem Gustav-Heinemann-Friedenspreis für Kinder- und Jugendbücher ausgezeichnet und ist inzwischen Schullektüre. Die Autorin hat zwei Kinder und lebt in Potsdam.

Das Werk wurde vermittelt durch Agentur Brauer (Agentin: Ulrike Schuldes).

© Grit Poppe
© Peter Hammer Verlag GmbH, Wuppertal 2018
Alle Rechte ausdrücklich vorbehalten
Lektorat: Silvia Bartholl
Umschlag: Niklas Schütte
Satz: Graphium Press, Wuppertal
Druck: Finidr, s.r.o.
ISBN 978-3-7795-0588-4
www.peter-hammer-verlag.de

Kinder- und Jugendbücher im
Peter Hammer Verlag

Karin Bruder
Haifische kommen nicht an Land

Joaquín lebt auf Ometepe, einer Insel mitten im Nicaraguasee.
Er ist zwölf und ziemlich piffig, aber in der Schule war er nie.
Er hätte auch gar keine Zeit dazu wegen seiner vielen Jobs!

Als Joaquín auf ziemlich abenteuerliche Weise Rosa
kennenlernt, dieses Mädchen aus Deutschland,
staunt er nicht schlecht: Rosa hat mit dem Flugzeug
die halbe Welt bereist, sie hat Geldscheine
in den Hosentaschen und Augen so hell wie ein See!

Die Geschichte einer Freundschaft zwischen den Kulturen.

208 Seiten, gebunden, ab 10
€ 12,90   ISBN 978-3-7795-0513-6
auch als E-Book

Kinder- und Jugendbücher im
Peter Hammer Verlag

Annette Herzog
Pssst!

Illustriert und gestaltet
von Katrine Clante

Viola – kein Kind mehr und doch noch nicht erwachsen –
stellt sich all die großen und kleinen Fragen des Lebens.
In ihren Gedanken und Gefühlen geht es um den alltäglichen
Ärger mit der Familie und um die Geborgenheit, die sie gibt.
Um Freundschaft und die Angst, ausgeschlossen zu sein.
Um Jungs, Aussehen und Anerkennung.
Und immer wieder um die Frage: Wer bin ich eigentlich?

Pssst! nimmt junge Leserinnen mit in Violas Mädchenwelt.
In Bildern, Tagebucheinträgen und auf Comicseiten
kommen sie ihr ganz nah – und finden sich selbst.

96 Seiten, broschiert, ab 10
€ 14,00   ISBN 978-3-7795-0556-3